你的人生终将闪耀

李菁 著

愿你的眼中有万丈光芒
努力活成自己想要的模样

北京时代华文书局

自序

你的人生终将闪耀

18岁那年，我离开相对闭塞的湘西小镇，坐火车去四川求学。大学毕业后到西安读研，在那座城市学习、工作了五年，中途还去宝岛台湾的中国文化大学研修了半年美术。

这些年，我很少回老家，独自在外，为自己的目标锲而不舍地努力着。我就像夏洛蒂·勃朗特笔下的简·爱一样，不甘于平庸，用良善、勤奋和一股子韧劲去创造自己独一无二的人生。

过了整整十年，我搭上了回家的火车，在西安所有的物件早已同时打包寄往老家。

火车鸣响的刹那，我的心像被针扎了一下，尖利地疼。我颤抖着手在日记本上写道：“仿佛是天注定，我坐上了回湘西老家的火车，向过往珍重道别。那片青山绿水会滋养我的心，也会滋养我的文学创作与摄影创作。18岁离开古镇，在不同的城市生活、辗转、追梦，一个人在陌生

的地方摸爬滚打十年。欢笑、泪水、辛酸、甜蜜……尝遍各种滋味。如人饮水，冷暖自知。生活把我打磨得更加坚韧。此时，回故里，之前没有半点预兆，而一切又是最好的安排。”

那一刻，我的脸上有凉凉的泪痕。

柴静说：“没有深夜痛哭过的人，不足以谈人生。”所有人都以为我是温室里的花朵，从没感受过风雨的侵袭。只有我自己清楚，黑夜陪我流过多少眼泪。

这些疼痛、苦难、磨炼在日后被打磨成了我内心的一粒粒珍珠，散发光芒。因为这串珍珠，我站在人世间

的时候有了不可小觑的底气与坚定。

2016年冬天，我回到了小镇生活，每日与山岚、绿水、田野、书香为伴。

历经了小镇寒冷潮湿的冬天，万物复苏的春天，天气一日日晴好起来，繁盛热烈的夏天近了。阳光洒满院子，高大的香樟树下树影斑驳，我的眼前一片明媚，我想着自己也刚好走到了人生的初夏，有着看得见的葱郁希望。

每日清晨，我在书房里埋头写文，不敢荒废一分一秒，唯愿日日精进。睡前，窗外蛙声一片，萤火虫在墨色中起舞。我靠在枕头上重读经典，在那些动人的故事里，亦喜亦悲。当读书写作已然成为像吃饭睡觉一样自然的事情时，我知道自己在梦寐以求的生活里了。

我的物质生活寡淡，钱于我来说，只要满足我的基本生活需求即可，对豪车豪宅奢侈品从未有过热望，也从未想过要通过嫁人获取优越的生活，所以我才有这样的决心放弃“光鲜”的工作，放弃大城市的灯红酒绿，回到小镇过田园生活。

我对精神生活的要求却是至高无上、没有止境的，家中一万册的藏书都是我一本一本买回来的，还嫌不够，见着喜欢的书就毫不犹豫地买下来。书多了就更想自由，因为只有身心自由才能把这一本本挚爱的书读完，索性成为一个自由职业者，此后再也没有琐事缠身，每天如饥似渴地阅读着。

读了书更停不下写的欲望，文思如泉涌，文章写了一篇又一篇，一本本书自然而然地写成了。

如果一个人的生活只有读书与写书，那也是了无趣味的。我每天不止于伏案写文，我也会去摄影、播音、写书法、画画、旅行、网络教学，用自己的方式去热爱生活，热爱这个世界。我也会去山野里采摘杜鹃花，会与知己倾心交谈，会去远方见打动我的人与风景……但是不管我去了哪里，见了谁，做了什么事，我终究会回到小镇，坐到熟悉的书桌前，继续生活。写作是我生活的起点，也是我回归的终点。我若是风筝，它就是牵着我的那根线，我飞到哪儿，它都会牵引着我，不让我失去方向。

前几天我整理书房，见到了我中学时代写下的几十本日记，翻开这些沾满光阴印记的日记本，上面布满了密密麻麻的字迹。有一本日记本记录了我读初中时写下的几百首诗歌，虽然稚嫩，但是字里行间都是深情。那一刻我心中惊觉，原来现在我潜心写作并不是偶然的，我曾在年少时就虔诚地种下了这粒叫作“文学”的种子，只是那时候的我一定不会想到这粒种子能发芽，并在阳光雨露的滋润下，开出了芬芳的花朵。

就像我多年来省吃俭用疯狂买书并不是为了有一天建立一个属于自己的图书馆，但是这种自然而然由心而发的行为在日月的更迭下就促成了这件美妙事情的发生。博尔赫斯曾说过：“如果有天堂，应是图书馆的模样”，如今，我日夜抵书而眠，不就是生活在幸福的天堂里吗？一位长者说：“你的藏书已相当于一位大学教授的藏书了，像你这样二十几岁的年纪就能拥有这样庞大数量的书籍，是一件非常了不起的事情，你的同龄人远不及你，因此你能成为一名青年作家，也是有必然性的。”

你看，许多美好的事情并不需要刻意去做，只要你心里真的喜欢，日积月累，就有了量变到质变的发生。

总有人无比艳羡地对我说：“你在二十几岁就活成了我心里的梦。”许多人终其一生，都摸不到那个美好的梦。此刻，他们有的正做着一份并不喜欢的工作，让他们坚持下去的只是生活的压力；有的在矛盾重重的家庭里面对着一个并不喜欢的人，让他们坚持下去的只是家庭的责任。他们没有时间看完一本书，没有时间去向往的地方走走，没有时间去思考年少时最初的梦想。他们心里的不快乐，只是因为无法去做真正热爱的事情，无法去拥抱那个真正挚爱的人。所以，当他们看到我拥有自由后还能诗意地生活着，心里有了一丝触动与渴望。

如果说此刻我是幸运的，那么这幸运必定贴着勇敢与勤奋的标签。我在《你的人生终将闪耀》这本书中讲述的就是自己追梦的过程。只有吃了苦，以不服输的决心朝着有光的方向拼了命向上攀爬，才会有改变生命状态的可能。

我要感谢生命里出现过的那些疼痛，也要感激每一个曾爱过我与正在爱我的那些人，我的人生终因你们而闪耀。

一个人闪耀的那一刻并不是站在聚光灯下，也不是得到千万人认可的掌声，更不是家财万贯，而是拥有了自己最想要的生活状态。哪怕这种状态是润物细无声的，是独自的天高地阔，是内心升腾起的万丈光芒，也会让你感受到自身存在于这个世间真正的价值感与幸福感。

这一刻，亲爱的你，问问自己，

最想要的生活状态是怎样的？然后朝着这个方向去努力。也许这一刻你的生活正被乌云笼罩着，不要急，要沉得下心去等真正值得你去倾尽毕生心血完成的志业，去等那个真正值得你相伴一生的灵魂伴侣。

历经奋斗与等待之后的蜕变，是一个人由内而外散发出的迷人光亮。这束光在照亮自己的同时，也会照亮身边的亲人、朋友，甚至更多的同路人。

亲爱的朋友，你要相信，你的人生终将闪耀。

李菁

2017年5月10日

推荐序

可以选择平凡，但从不选择平庸

我的老乡湘西姑娘李菁，是一名典型的“斜杠青年”，她是优秀的摄影师、自由写作者、梦想摄影导师、公众号主编。

她曾经，只是湘西孕育的芸芸众生中的一人，但她用实际行动告诉世人：我选择平凡，但不会随波逐流，任由自己沦落平庸。

她经历过青春叛逆期，经历过人生最艰难的黑暗期，面对过各种各样的人生抉择，所幸，最后都一一扛过来了。研究生毕业后，她进入大学任教，一切似乎尘埃落定，但她清楚自己想要什么，一辈子望到头的工作并非她所求。一年之后，她毅然离开令人羡慕的大学教师工作，离开体制。

这个时代，一个如此柔美的女人，敢把自己投身进“野生世界”的女人，骨子里都附着倔强而自由的灵魂。

如今，她的时间一分为二。每个月有一半的时间在古镇的家中阅读、写作，这时的她向内求，用文字记录下心中的思省。另外半个月她会背上行囊与相机，去不同的地方行走，这时的她向外求，用镜头记录下旅途中遇见的人与景。读万卷书，行万里路，这是李菁的幸福所在。她对自己热爱的事，总有一种果敢的坚持，不管外界的声音对她是赞美、鼓励、祝福，还是劝诫、诋毁、讥讽，她都不管不顾，按着自己心中的目标坚定地前行。她带着一颗赤诚的心去寻求她理想中的生活，矢志不渝。

起先我也替李菁担忧过，怕她追求自由生活的同时会遭遇经济拮据的尴尬，但是她却十分坦然地告诉我，现在的她在网络开设了摄影梦想课堂，每年网络教学的收入已足够让她过上安稳的生活，再加之她偶尔会拍一些客片，收入也是颇丰的。她以摄影为主业，用才华支撑起那份自由和梦想。

今年六月，李菁开启她的夏日旅拍之行，首站便是来长沙为我拍摄照片。这是我们在线下第一次见面。她真是一个娇俏的姑娘，民族风穿着，长发披肩，笑起来眼睛弯成月牙，好看得让人移不开眼睛。哪里来的穿着民族风的布娃娃呢？她并不善言谈，说话轻轻的，柔柔的，像微风拂过水面。但在与她谈到爱情和理想的时候，她却像变了一个人，眼睛里光芒四射，原来，这是个有想法的姑娘，事实证明，我没有看错。

她开始专注拍摄，快门按个不停，我能感受到她对摄影的真正热爱。渐渐地，我也被她的亢奋感染，慢慢放松下来，一颦一笑自然随意，呈现出最真的那个自己。

我最喜欢的那张背影的照片，被处理成了黑白，发给闺密看，她们都说有一种80年代女星既视感，气场也表现得恰到好处，那就是作为职业女性的那一面的我。

后来，她又在咖啡馆给我拍摄了一组暖色调的照片，那个系列里，我看到自己眼神里的柔和。那是我作为一个妈妈和一个作家的另一面。

李菁让我给这组照片打分，我说："给你99分，多一分怕你骄傲。"

我真心在这些照片里看出了她的功力。因为那段时间我忙于各种工作，所以在拍摄时明显感到疲惫和无力感。但她却并不介意，自信满满，鼓励我表现出最自然的状态就好，她会替我捕捉到我最好看的模样。一个摄影师，在模特极度疲惫时也能拍摄出她的灵魂模样——这既是她充分了解、做足功课的勤奋，也是摄影赋予她的灵气。这份灵气来自我们共同的故乡，湘西的山水带给我们的热血与柔情；技巧和功底来自她日复一日的积淀。她从小学习绘画，本科与研究生阶段读的是艺术设计专业，还曾去宝岛台湾的中国文化大学研修过半年美术，在校任教时还教过平面设计与摄影的相关课程。多年的积累让她的美学素养在镜头中得到了很好的呈现。

腹有诗书气自华。

李菁不仅在摄影上有才华，文字功底也相当过硬。读过她的《见

素》和《当茉遇见莉》的人都知道，她的文风清丽，读来如沐春风，让人向善向美。她总在造美，美的照片，美的文字，不哀怨，不迷惘，她的世界纯净得好像没有欺骗与丑恶。

是什么让她如此笃信世间的美好和善意？

李菁的新书《你的人生终将闪耀》将会告诉你答案。这本书即将出版，里面描述了一个出生在小镇的平凡女孩如何努力追梦，如何一步步破茧成蝶的心路历程，读完我不禁有点心疼她。

想要成为自己的女孩，终究跌得比较伤；孤独和伤痛，是成为更好的自己的宿命。

世界的灰暗晦涩无奈艰难，从未漏过任何一个人。

她的外表虽温柔，但是内心异常果敢。敢爱敢恨，敢于挣脱世俗的束缚，每一次选择都遵从自己的内心。就像小女孩喜欢的棉花糖，即使你拿泡泡糖跟她换，她也会矢口拒绝。一个人如果知道自己想要的是什么，并努力付诸行动，那她就是幸福的。所以，在我看来，李菁是一个精神特别富有的姑娘，这样的姑娘，在物质上也会越来越富裕。上天总会给那些敢于活出自我的人最大的奖赏。

亲爱的，不管摔得多疼，站起来继续往前走，你一定能到达你想到的地方，到时候，迷人的风景会让你忘了，一路上的苦与痛。

当你迷茫时，困惑时，彷徨无助时，拿起这本书读一读吧，它会让你重拾勇气，充满力量，当然，是否上路，由你决定。

蒲草韧如丝。说的就是她这样的女孩。

那份柔韧，不只是对感情，更是对自己，对生活，对天地，对众生。

艾明雅（畅销书作家）

推荐序

她认出了梦想

李菁邀我为她的新书作序，很为她高兴，她的写作生涯又多了一部作品。

有很多人说喜欢写作，想要写出点东西来，还有人告诉我，现在比较忙，等到放假了或者退休了，写一部小说或者散文。每次听到这样的说辞，我都会笑而不语。

一个作家不需要那么多理由，只需要拿出作品。

不管是落脚于古老的小镇上，还是定居于喧嚣的大城市；不管是生活在毫无文艺气息的工厂，还是学了一个彻底理工技术的专业，文学是尘世间缥缈的一点火焰，它就是能够燃烧在写作者的心间。

李菁是一个湖南女孩，湖湘地区的性格气质，有灵性，有韧性，她把梦想照进了现实。她本来可以过着安逸稳定的生活，做一个大学老师，但她却选择了自由自在的人生。

这个世界上人人都有梦想，但是愿意为梦想坚持五年、十年、二十年的人屈指可数。

她写在山上居住的人，她也写人间热闹的事。她到处旅行，欣赏这世间的好风景。与此同时，她马不停蹄地写作，拿起照相机记录生活中的点点滴滴。繁花前，绿树下，带着笃定的笑容。

文章是一篇一篇写出来的，成就是一点一滴累积的。走过的路见识过的风景都会融入一个人的内在，字里行间自然而然会弥漫出与众不同的香气。

这本书有很多李菁自己的经历和故事，在我看来也是对人生的一段回顾。什么样的人，人生终会闪耀？我觉得归根结底是拥有高远心志的人。李菁就是这样的女子。

辽阔高远，那是一种人性之上的美丽。这不是什么玄虚的道理，这就是活生生的生命意义，我们需要功名利禄，柴米油盐，我们也需要抬头看一看天上的月亮，低头检视一下手掌心的一瓣莲花。

我目睹李菁一本书又一本书的出版，目睹她拍出了各式各样风姿绰约的摄影作品，目睹她在文艺之路上，越来越鲜明夺目。

我喜欢这些真正坚持文艺的作家友人，他们把自己的生活方式，融入日常的一蔬一饭。我特别欣赏李菁这样的写作者，因为当她谈论梦想的时候，意味着她会竭尽全力实现梦想。

她认出了梦想，就一把牢牢地抓住，种植在自己的心田，萌芽生长，通往枝繁叶茂，绝不荒芜。

我有一个判断人的心志的朴素诀窍。我会仔细凝视这个人的眼睛，

眼睛里闪着光芒的人，绝不会随随便便地对待自己的梦想。

美好的事物总是需要更多的耐心、更多的时间来养成。

一个拒绝平凡的人，本身就自带着火种。漫漫人生路，何其修远，上下求索，收集更多的燃油，凝聚更多的热量，双手早已做好了准备，等待着命运的垂青，一点时机的火花就能引发熊熊烈焰，光芒耀眼。

翻开这本书，我相信你会从李菁的文字里面，获得更多的力量，令你的心志更为坚定。

最后，其实还想说一句，只要我们成为有力量的人，就可以走得更远更深入，见识这世界上更加广袤无垠的美。

沈嘉柯（著名文学家，评论家）

目录

CONTENTS

1
这个世界能改变你的，只有自己

CONTENTS

2

每一次选择
都听从自己的内心

3

找到相爱的人过一生

CONTENTS

4

C O N T E N T S

这个世界最温暖的，是人与人之间的深情

第一章

这个世界能改变你的，只有自己

不要轻视你的爱好，它会改变你的一生

十年前，我自卑、惶恐、迷茫、任性，因为糟糕的数理化成绩，我彻底被叛逆控制，逃学、旷课、打架、拉帮结派。同样是青葱岁月，我把色彩埋进了深深的灰暗中。

一无是处，前途一片渺茫。家人对我是失望的，在小镇医院里当出纳的母亲甚至已经想好，如果我考不上高中，就让我去中专读护理专业，毕业后留在小镇当护士，嫁给镇上的老师或公务员，结婚生子，油盐柴米。那样的人生似乎一眼就能望到头。

我决不按照别人设定的轨迹生活，可是16岁的我，活得既任性又卑微，看不到未来，看不到方向，所幸，我有自己的寄托。在那样灰暗的日子里，阅读与写文章是我头上唯一的光亮。如今看来，是父亲几千册的藏书拯救了我，生性怯懦自卑的我在书中找到了快乐。

其实，阅读是我从很小的时候就养成的一个习惯，所以我才能在初

中最叛逆的那个阶段，没有放弃自己，放任自流。是阅读，燃起我心中的光亮，让我心生温暖。也许是常看书的缘故，我的语文成绩相对是好的，并担任班里的语文课代表，语文老师又正好是我们的班主任，眼看着我的堕落，老师很是焦心。

有一天晚自习，他把我叫到教室外面谈话。谈话内容并不长，主要是提醒我要认真学习，不要再执迷不悟。末了，他对我说了一句我至今都不曾忘记的话：“李菁，教书这么多年，我从未发现像你这样对文字敏感的学生。我敢说，十年后，你会是我们这个班最有出息的一个。”

如今，十年过去了，我研究生毕业，出版了几本书，在大学里任过教，主编了两个自媒体，并且成立了摄影梦想网络课堂，成为许多人的梦想导师。我用自己的文字与摄影作品传递着正能量，让越来越多的人找到了最初的梦想。

也许我并非像老师期许的，成为那个班最有出息的一个，但很是感激老师的那番激励。

其实，没有人自甘堕落，让我陷入困顿的是我在数理化上天生的反应迟钝，这让我失去了考学的信心，甚至每次上那些课都感觉是一种折磨。那是一根无法摆脱的刺，扎得人生生地疼，每个经历过的人都知道，这种痛苦绝不是做作与托词，它每分每秒都在提醒你：你很差。

作家三毛在读初中的时候，数学也是她的噩梦。有一次考了零分，老师竟然用毛笔在她的眼睛上画了两个圈，让她顶着这两个圈的耻辱站在操场上。从此她宁可去荒凉的墓地看书，也不愿再去学校上课。后来她选择退学，跟随台湾知名油画家顾福生习画，在授课的过程中，顾福生发现了三毛的写作才华，他将三毛的文章推荐给白先勇，从而得幸发表于杂志《现代文学》，这是三毛人生中最重要的转折点。而她因为遇到良师，终于发出了最闪耀的光辉，寻到自己人生的价值。

一个人只有在做她自己热爱的事情时，才会生出无限的潜能。

一开始或许我们并不知道正确的路到底在哪里，我们无法看透十年后的自己将会在哪里，又会因为什么而活得精彩，可是我们能够分辨自己的内心抗拒什么，热爱什么。我们虽然不能一往无前径直奔向自己所热爱的领域，但是我们若能够利用一切可利用的时间重视它，培育它，爱护它，你所热爱的东西终有一天会回过头来拥抱你。

有些人之所以不幸，是因为

他们并不知道自己想要的是什么。但当你的天赋和个性与你专注的事相一致，因为热爱，你将会创造无限可能。

我不会想到，我人生中的第一个转机，是因为走上了绘画的道路。

从小我就迷恋绘画，很大原因是因为二舅。在整个家族里，二舅是最有艺术天赋的，作画、雕刻面具、刻菊花石、写书法，他都练得炉火纯青，由此成为我们当地有名的民间艺术家。

初中我因为叛逆丢掉画笔，二舅说我是伤仲永，丢了自己的天才梦。

所幸高一时，我又重拾画笔，并成为一名美术特长生。

因为幡然醒悟，抱着画板，我开始有了人生中第一个梦想——考大学。我告诉自己，我只有在绘画上付出比常人多百倍的努力，才能弥补自己在数学分数上的劣势。

那是一段痛苦的岁月，却时时让我回味。美术特长生的画室安排在美术老师家，他只要求我们每天下午五点下课以后去画画，可我为了争取时间，每天中午匆匆买个面包就跑向画室，争分夺秒地画。

有一阵子学校管得严，中午不让学生出校门，我大着胆子趁保安不注意，从大铁门下面的缝隙钻了出来，乐呵呵地朝画室跑去。下午上课的时候就被班主任点名批评了，他以为我跑到校外玩去了，我告诉他我是去画画，这才免了责罚。

高中那三年，我全力以赴，所有的时间精力都用在了一件事上——画画。我知道，只有拼命，才有考上大学的希望。父辈常说的“知识改变命运”并不是劝告我们认真读书的幌子，在这个优胜劣汰的社会，知识确实会转变成自身的能力，从而改变自己原本平庸的人生。

在梦想这条道路上奋力向上攀登的同时，我逐渐变得坚韧、勇敢与从容。在这个忘掉胆怯、自卑、懦弱和懒惰的过程中，属于我人生的火车开始朝着希望的方向驰骋而去。

上天不会辜负每一个努力的孩子。2008年，我成为我们小镇中学那个普通班里唯一一个考上二本院校的应届生。父母自然是高兴，在饭店设了酒席庆贺我取得的成绩。那天，好多朋友都来了，我心里欢喜，不胜酒力的我与大伙儿喝了迄今为止最多的一次酒。那个晚上我躺在床上哭成了泪人，我的脑海里浮现出了许多画面。

高一，初学画时，画得不好，在物理课上写日记，我在本子上写着：如果我不读书了，我会在家里写小说；如果我不读书了，我会给我父母做饭；如果我不读书了……我还没有写完，日记本就被物理老师夺走了，然后被他狠狠扔在讲台下面。我弯下腰捡起日记本跑到女生宿舍楼，躲在顶楼的角落里掉眼泪。班主任让我的好朋友找到我，并把我叫到他的办公室，他说："你要勇敢，你的人生会有希望的。"

高二，画室搬到了学校里面，每天放学后我都会坚持到画室画到晚上十一点。父亲总会骑着那辆老单车在校园里等我。有一次从画室出来，看见漫山遍野的萤火虫，心里有说不出的感动，想着自己的青春一定也要像萤火虫一样，在黑暗中努力闪烁出自己的光芒。

高三，与同伴在长沙参加美术联考前的培训。那年冬天，湖南遭遇了冰灾，回家的路变得好远好远。但即使再冷也不敢有丝毫的懈怠，我在租住的阁楼里支着画架努力地画着，拿画笔的手长满了冻疮，实在痛得不行就在脸盆里倒满热水，将冻僵的双手放入热水中，隔一会儿，又继续拿起画笔。

这个世界从来都没有轻而易举的收获。生活的法则永远都是：想要得到，必须先付出。

绘画，这个爱好改变了我的人生，它让我迷途知返，奋起直追，继而扬起风帆踏上了人生的航船。

如果说绘画这个爱好是我的航船，那么写作这个爱好就是挂在灯塔上那盏最亮的灯，让我得以在人生这个浩瀚的大海中一直心有所向。

我在川东的一所二本院校度过了我最为珍贵的四年大学时光。

我的专业是艺术设计，在完成专业课作业之余，大部分时间都留给了文学。看书，深夜码字，当编辑，参加作文比赛、朗诵比赛、演讲比赛。大一那年参加学校的朗诵比赛，在复赛的现场，我穿着一袭白裙，在《雪之梦》的背景音乐中，动情地朗诵着我在高三那年写给梦想的诗歌。后来有人戏说，我是那所学校的林徽因。

每次领到生活费，我要做的第一件事就是去书店买书，这种习惯一直持续到现在。

我们的宿舍是8人间，宿舍狭窄逼仄。为了写文章，大一时我就买了台式计算机，把可以收缩的小桌子放在床尾，计算机与主机放在上面，原本窄小的床变得更窄，每次睡觉都伸不直腿，久而久之，睡姿便保持着如蜷缩着的婴儿一般。

夜深人静的时候，舍友都睡了，我就开始码字写文章，每次都熬夜写到凌晨三四点。写完就把文章发在QQ空间上，发在一个叫作“51”的交友网站上。写作的初衷如此简单，纯粹因为自己热爱，不为名利，只为守护好心里的那份坚持。

大三，我想用这一年换回前两年看书、写作的时间，所以我决定考研。我把所有的课外书都收进了大纸箱里，破釜沉舟。身边的研友都选择了四川的学校，只有我选择了西安的一所一本高校，我天生就对未知的城市有一种莫名的向往。

考研是人生阶段无法言喻的炼狱，有多苦有多累压力有多大，只有亲身经历过的人才能感同身受，有很多研友二十四小时都在看书，几乎是靠着喝咖啡维持自己的精神状态。可这一年对于我来说却是驾轻就熟，也许在我高中习画的那一段时间，已经锻造了我异于常人的毅力。我在心里告诉自己，当上帝要送给你一件礼物之前，必会先化身魔鬼来考验你。

上帝真的在2012年的时候送给了我一份珍贵的礼物：我顺利考上了研究生。

读研之后，我得偿所愿，有了更多时间去看书、写文章，每一天都过得充实且起劲。

因为这日复一日的积累，2014年，我在全国出版了我的第一本书《见素》，一年之后，我的第二本书《当茉遇见莉》由作家出版社出版。那些我在深夜里一点一点用心用情写下的文字影响了越来越多的人，也获得了读者对我的认可与尊重。

是爱好，让我从一个自卑堕落的小女孩，成长为如今带着满满正能量的女性；是梦想，让我克服了一路上的艰难困苦，坚定要过自己渴望的生活；是坚持，让我从默默无闻的文艺女孩，变成了如今拥有很多读者朋友的青年女作家；是激情，让我每一日都充满希望和干劲，书写人生的精彩。

我越发明白，当你真正热爱一件事的时候，就会有一种无形的向上的力量推着你，让你不得不勇往直前。这种滴水穿石的能量，会挖掘出你的巨大潜力。

或许在某一段时间，你做着自己并不喜欢的事，惶惶不可终日，迷茫无可解脱。可是一旦你找到自己的兴趣所在，它就会像一座灯塔，让你拨开迷雾，找到心的方向，然后沿着这个方向，你会成为自己想要的模样。

并不是每一个人都那么幸运，并不是每一个人都可以用爱好来养活自己，但是当你一直坚持，即使最终没有带来所谓的世俗上的收获和成功，我们的内心也会因为自己的坚持而变得丰盈和充实，这也是爱好的另一种力量。它是上天给我们精神世界留下的天窗，打开它，才能倾听到世界丰富的声音，看到世界不同的颜色。

每个人都有自己的爱好，或大或小，不要轻视它，也许它会改变你的一生。如果你愿意，拥有穿过荆棘踏过海浪的勇气，灰暗也是甜蜜，一束光亮即在不远的前方。

虽然我不是最好的那一个，
但是我可以做最努力的那一个。
——《你的人生终将闪耀》

这一生，
选择一件热爱的事去做，
与选择一个灵魂相契合的人去爱，
一样重要。

——《你的人生终将闪耀》

不要轻视你的知识，它将决定你的人生

朋友小D是一名高校教师，最近她向我倾诉了她的烦恼。

在一次课堂上，她看见一位学生在低头玩手机，就故意点他的名字让他回答问题，学生当然回答不出来。小D就批评他上课不应该当低头族。学生说了一句话，让她半个月也没有缓过气来。“老师，我正在接一个订单呢，我一个月卖手机能挣七千多，比您的工资还高。我不想听课，我听一节课的时间会让我少挣很多钱。”

这就是小D的痛苦所在，作为一名高校教师，她发觉现在的大学生求知欲越来越低，相互攀比的现象非常严重。谁做了微商挣了多少钱、谁做了兼职买了多少新衣服、谁的游戏玩到了多少级……上课的时候，女生要么在座位上打开小圆镜补妆，要么在用手机看着刚更新的韩剧；男生要不低着头用手机打游戏，要不就是因为昨晚通宵打游戏趴在课桌上补觉。

那些刻苦学习的学生反而成了异类。

学生对知识的视而不见，让小D失去了作为教师的尊严感。

有一次她劝一个女生上课不要睡觉，女生睁着惺忪的睡眼，缓缓地说："老师，我毕业了不干这行工作。"明摆着"我家很有钱，我就是来混文凭"的架势。

小D跟我说这些话的时候，声音颤抖着，气愤的背后是满满的担忧。

她的心情我感同身受，因为我也在高校任教过一年的时间。根据大学生的学习现状，每次上课，我都会向他们推荐一本好书。我没有介绍文学名著，而是一些如何规划人生的书籍。我希望这些书本上的正能量可以在潜移默化中对他们的人生观产生积极的影响。

但是最终，我还是辞去了大学教师的工作，选择当一名专职写作者。因为我逐渐意识到，在讲台上影响到的学生是有限的，而文字所带来的影响力却是无限的。我想到了鲁迅、余华、毕淑敏、契诃夫、川端康成，这些文学大家也是在人生的关键时刻选择了文学，用文字去"拯救"或是点醒更多的人。

旧时代，一句"女子无才便是德"，堵住了多少女性与读书的缘分。越是那样物质与精神都戴着枷锁的时代，人们越发渴求进学堂学知识。私塾里的先生是威严而至高无上的，学生见了他们都心存敬畏，一种对知识的敬畏。

在现今这个物欲横流的时代，社会价值观的松散和多元很容易让学生们陷在消极态度的怪圈里——没有目标，怕吃苦，随波逐流，把未来寄托于家人的安排，多少人想着靠"拼爹"度过自己的一生。

让人欣慰的是，这个社会依然有许多有志青年正在靠自己的勤奋去积累知识，运用知识去开拓自己的疆土，这样打拼出来的天地才更牢靠。知识会转化成你个人的核心竞争力，让你在这个残酷的社会里觅得一席之地。

读大一时，一位教我们画素描的老师说："我并不鼓励大家外出兼职，人生中属于大学的时光只有短短的四年，学习知识，学会如何做人，那么美好而短暂的光阴，怎么舍得不去享受？而工作，是一辈子的事情，并不急于在大学阶段就去做。"

然而，并不是每个人都懂得珍惜。依然有许多同学为了微薄的工资去兼职，但因为专业知识薄弱，只能做一些与专业无关的事情，诸如发传单、在餐馆当服务员、在商场当促销员……为了那一点点工资，他们甚至不惜旷课。

我是认同老师的，所以一直都认认真真完成老师布置的绘画作业，别人用一天的时间画一幅画，我会用心画一个月。不是因为画得不好，而是为了更好。除此之外，我由着自己的爱好，参加了学校里关于文学的各类竞选与比赛，在这个过程中如海绵一般孜孜不倦地吸取新知识、新技能。四年内，我获得了国家励志奖学金和国家奖学金，我不仅在专业技能上打下了坚实的基础，还用我的知识为自己赢得了一笔丰厚的奖金，相比那些本末倒置而选择兼职的同学，我双赢。

知识的积累可以让你成为最好的自己，也可以为你带来一种尊严感，它就是一个隐形的盔甲，无时无刻不在保护着你。

当你坐在大学的教室里，一心想要赚钱，却不知，知识的缺席终将使你精神空虚，让你变得浅薄无知，毫无气魄；你以为将来可以“拼爹”，有安排好的人生供你挥霍，殊不知，人生从来都不是一帆风顺，一马平川，等你发现人只有靠自己才是王道的时候，恐徒留悲伤和忏悔；当你出卖了自己的青春，你以为可以用换来的金钱过好你的余生，殊不料，和青春一起丢弃的还有你的灵魂。是的，年纪轻轻，却硬生生地把时光变成了单调的复制，而那些潜心耕耘，积累了知识的人，他们终究越活越精彩。

任何成功都是有迹可循的，关键在于我们是否能将自身对美好事物的渴求转变为脚踏实地的行动力。

Papi酱无疑是幸运的，她被评为“2016年第一网红”，曾凭借四十几条原创短视频在短短几个月时间内拿到1200万元融资，身价估值三个亿。2016年6月16日，由微博和荣耀联合主办的“2016超级红人节”颁奖礼在上海盛大开启，Papi酱现身。媒体与网友一致认为，中央戏剧学院导演系研究生在读的Papi酱是现场最大的亮点，她的才华压倒性地胜过了在场的其他网红。如她自己所言，她是一个集美貌与才华于一身的女子。

她从小受着音乐的熏陶，精通萨克斯演奏，学习成绩优异，中学就读的是上海市三女中，这所学校的前身是教会学校，宋氏三姐妹、张爱玲、沈殿霞也曾在这里就读。2005年，Papi酱考入中央戏剧学院导演系本科。大学那四年，她努力积淀自己，演员、主持、编导、配音、导演助理、副导演、导演，这些角色她不停地切换，不断地学习着，为她日后成为网红奠定了厚实的基础。

用美貌吸引大众的网红只能是昙花一现，而用自己的才华与学识铸就的光环将久久绽放。

对于女人来说，知识就是你喷在身上的香水，这种弥久的清香会为你的气质增分，也会为你的人生增值。

不久前，有一位读者朋友给我留言，她说："真羡慕你，可以读书，追求自己的梦想，过自己喜欢的生活。而我因为出身农村，家里有三个小孩，父母供不起我们读书，所以我读到初中就辍学出来上班了。那时候我根本不知道什么是爱好，直到现在成为相夫教子的女人了，才知道还有'爱好'这样一个美好的词。"

这个社会总有太多人因为各种各样的原因无法得到读书求学的机会，他们也希望通过知识改变命运，可是面对残酷的现实，他们选择了缄默。

其实，当我们与校园失之交臂时，还有另一种办法自救，那就是自我教育。

著名作家庆山在回答读者的来信中也曾提到："最重要的教育是自我教育，这会持续一生。未来是随着当下的每一步推进而得到的。"

没有人敢说，只有学校的高才生才能功成名就，许多成功人士都只有很低的文凭，他们之所以成就了自己的一生，就因为骨子里的求知欲。

他们的初衷是求知，并不是求物。当你对知识生出渴望并努力探索的时候，那些物质会自然而然地到来。因为你已经拥有了获得它们的资本，你值得拥有它们。

香港首富李嘉诚只有小学学历，他不甘于平庸，不断自我充电，阅读新科技、新知识的书籍，还用心阅读社会这本大书，积累社会经验。白手起家的他用知识改变了自己的命运，是全球华人公认的“超人”。在他成为首富之后，他还不断地告诉年轻人，知识是新时代的资本，五六十年代的人靠勤奋可以成事，这个时代的人要抢知识，要以知识取胜。

现在是互联网时代，知识无处不在，只看你是否有心学习。在线网络课程、视频教程、微课，这种网络授课不受时间与地域的限制，更不会限制年龄，适合大众人群。只要你有学习某一项知识的渴望，就会有各种各样便捷又高效的学习方式供你选择。

我认识一位全职妈妈，她每天早上五点半就起来跟随英语老师在微信群里学习英语口语，因为害怕说英语的声音会影响家人睡觉，她就躲在洗手间里，对着镜子发音。

问她为什么成家了还在努力学习英语口语，她回答得很干脆，因为她要做一个有梦想的妈妈，她希望自己有一天能陪着孩子一起去国外旅行，并且她也相信自己好学的精神会在日后影响到孩子。

Papi酱幸运的背后是大量才华的累积；李嘉诚“超人”背后是知识

改变命运的力量；全职妈妈学英语的背后是强烈的求知精神。所以，不论你身在何处，是什么样的年龄，你都可以从此刻开始，投入知识的海洋，像一块海绵一样充盈丰满自己。

俗语说：活到老，学到老。学习是一辈子的事情，你想学习一门新的知识，哪怕头发都白了，也不会晚。

如果你身处人生的孤岛，知识就会是靠在岛边的一艘航船，它会载着你穿过浩瀚大海，抵达一片更广阔的世界。那个全新的世界一定会让你感受到，原来自己的人生还可以如此精彩。若是没有知识这艘航船，你永远都只能守着自己那片狭窄之地，坐井观天，浑噩终老。

不要轻视你的知识，它将决定你的人生。

梦想，是奔跑在心里的一匹白马

高考是人生一个重要的分水岭。为了圆高考梦，学校领导、老师、家长会有意无意地遏制你所有的爱好。每个人都觉得，我们只有攀登过高考的崇山峻岭，才有机会领略更广阔的风景。那时听到最多的一句话就是：“等你考上了大学，你就可以做你喜爱的事情了。”

18岁那年夏天，我终于翻山越岭，考入了四川的一所二本院校。当时身边不少人抱怨这所大学与理想中的大学之间的差距，我却对它充满了一种莫名的爱。这爱不只是蔓延在教学楼青灰色墙壁上的一大片爬山虎；不只是那些高挺而苍老的大树；不只是珍藏着数以万计书籍的图书馆；也不只是从校园广播里传出来的温暖声音……更因为我终于可以去做心里喜爱的事情了——那潜藏在心里的梦想，曾被搁浅的爱好，终于可以有一个施展的平台了。

曾任清华大学校长的梅贻琦说：“所谓大学者，非谓有大楼之谓也，有大师之谓也。”于我而言，大学的价值在于她的包容与大气，以及，她可以助我圆每一个有可能的梦。

有一次从食堂走出来的时候，头顶的大喇叭里传出一个女子亲切而温情的声音，伴着优美的钢琴曲，她在读一篇散文，声音富有磁性，沁人心脾。那一刻，内心深处的一根弦被莫名地触动了，我情不自禁地对身边的朋友说：“如果有一天，我也能成为一名播音员，那该多好啊……”播音与我所学的“绘画艺术”一样，它们都有一种无法抗拒的魅力与感染力，播音是一种“声音艺术”，人间百味，喜怒哀乐，尽在声音中。

当通讯社开始招新成员的时候，我毫不犹豫地去报名了，我的目标是竞选并成为播音员。

面试时，我朗诵了一首自己写的诗歌，我热情洋溢地告诉他们：“我不需要别人记住我的名字，但是我希望有更多的人记住我的声音，我希望用自己的声音去感染、温暖更多的人。”

凭借优异的表现，我顺利地通过了竞选播音员的面试、笔试与几场复试。别人说我身上有很多优秀的潜质，如果能把普通话说得再标准些，我就是竞选者中最有希望的一个。

可是，最后我还是被淘汰了，因为我说话带有童音，且普通话也还不够标准，分不清楚鼻边音，而发音标准是作为一个播音员所应该具备的最基本的专业技能。

通讯社的成员跟我说：“编辑部部长很看好你的文采，他已经答应让你免试成为通讯社里的编辑。你是第一个有这种待遇的学生，一定要好好珍惜。”

即使这样，我还是蹲在黑夜的角落里哭成了泪人。梦想之花刚开出花蕾就遇到了一场霜降。在忧伤、不甘的哭泣中，我接到了一个姐姐的电话，在这所学校没有人比她更了解我。

她温柔地问：“有两双鞋子，一双鞋子是你喜欢的，另一双鞋子是适合你的。你选择哪双？”

我犹豫了良久，然后擦干眼泪告诉她，我选择后者。而那是不是我内心最真实的答案呢？

我知道，我只是暂时选择了适合我的鞋子，我终会等到那一天，能够穿上自己真正喜欢的鞋子。

那一刻，我的眼睛又一次湿润了。

我成为了通讯社的一名编辑，每周有几天的时间会在编辑室值班选稿。编辑部与播音部仅一门之隔，每次我选好稿子后就会推开那扇门，将稿子轻轻地放在播音台上。值班的播音员来播音的时候，我总会静静地听着。等她们走了之后，我会偷偷地坐在她们坐过的地方，戴着耳麦对着话筒，模仿她们读着文章。

我们永远都不能对一件事有十足把握，但是只要怀有这个梦想，就应该遵从内心的声音，尽自己的所能去追求。也许最终我们没能到达梦想的终点站，但沿途也看了很多美好的风景，这也是另一种收获。

光阴如梭，转眼我读到大二了，通讯社又开始招收播音员。一年的大学生活历练了我的能力，让我在语言表达、写作、待人处事等方面都得到了提升，而且，手拿着普通话二甲证书的我更有自信了。

这一次，我重新站到竞选播音员的讲台上，用更精彩的表现获得了更多的掌声。我知道，这所有的肯定与祝福是我用整整一年的坚持和努力赢得的。

虽然与我一起竞选的都是大一的师弟师妹，但我并不觉得第二次走上竞选的平台有什么难堪，也不觉得有多大的压力，反倒觉得是一种喜悦。感觉有一种力量一直支撑着自己，它源于梦想，更来自于我的热爱与执着。

在这个坑里跌倒了，我必须再坚强地爬起来，擦干眼角的泪水继续向着梦想的方向奔跑。当我一次次地告诉自己："我可以做到的！我可以做到的！"我就真的做到了。

面试、笔试、四次复试，我终于通过了考核，进入了播音员的培训阶段。与我一起参加培训的还有八个大一的师弟师妹，他们与我一样有着对播音的喜爱与渴望，只是他们比我更幸运。

那段日子，正值寒冬时节。每天中午，在播音部外的走廊上，时常会看到九个在一遍又一遍地练习读稿子的身影，迎着凛冽的寒风，放声地品读。通讯社所在大楼的对面是教工宿舍楼，我们经常会在读稿子的时候闻到一阵阵菜香，肚子便开始不争气地咕咕叫了起来。饥饿与寒冷没有让我们退缩，反而读得更加起劲，我们的声音穿过冬日的阳光，越发地爽朗明亮起来。

远处的那扇木窗，有一个小男孩在埋头做着作业，身边放着一个印着卡通图案的书包。细细观望，仿佛能听到铅笔在作业本上摩擦的沙沙声，还会看见母亲为他端来热气腾腾的饭菜，平淡日常里充满了慈爱。

内心忽然充满了柔情。曾几何时，母亲也是这样柔软的，想念那段躲在记忆里的好时光。当我把目光再一次移到手中的稿子上时，它们似乎也浸满了柔和。

做着自己喜爱的事固然快乐，但压力一点都不会少。每天，播音员午间节目结束后，就会检查我们这一天是否有进步。我们一个挨着一个走上前，读着当天规定的稿子，师姐会逐字逐句地帮我们指出很多不足与缺陷，并提出提升的建议，也正是这样的提点和一点点积累，让我们慢慢成长起来。

让我倍感压力的是，我的普通话依然存在着很大的问题。我不希望自己在一个坑里跌倒两次，所以在平日里我用了比别人更多的时间去练习，我请求很多师姐帮助我纠正鼻边音。在她们的耐心指导下，我不断进步，当我渐渐找到正确的发音方法时，我似乎看见了希望的曙光，看见了梦想之花在吐纳新蕊。

为了学习更专业的知识，那一段日子，我还专程坐校车去新校区传媒系的播音班当旁听生，这段经历，让我受益良多。播音班的老师是一个很漂亮的年轻女老师，她的声音是那么好听，就像唱歌的百灵鸟一样。她上课的时候，我就一直看着她，看她是怎么发音的。我在想，要多少年的积累才能拥有这样的魅力啊！

培训了一段日子后，播音部进行了几次考试。考试，就意味着有人要离开。身边的同伴渐渐少了，九个人只剩下五个，我们虽然留下了，内心的紧迫感却依然存在，因为随时还有可能被淘汰。

最后一次考试是试音。那一次，我们终于能够在播音室里真正地对着话筒、戴着耳麦读文章了。我们轮流进去考试，我是第一个进去的，内心无比激动又觉得异常的神圣。我出来后是另一个女孩进去，几分钟后她满脸通红地跑了出来，又是紧张又是兴奋。五个人考完后都觉得自己的发挥不尽如人意，都说这次只怕是自己要离开播音部了，各自都像小孩子一样涨红了脸，眼里的泪花也止不住地闪烁。

我们不想离开播音部，我们不愿分别。一个月的培训，一种浓浓的真切的感情早已孕育在我们的心中，我们都忘不了，忘不了我们站在寒风中大声朗读文章的样子，忘不了我们互相帮助时的温暖情谊，更忘不了播音部的师姐为我们所付出的一切。

那些时光深深烙在了心里，脑海里时常会泛起温情的一幕幕，耳边也会响起时间的轻语，告诉我，不要忘记。

结果出人意料，我们五个人全部都留了下来，成为试用播音员。这就意味着，我们终于可以在播音室里播音了。那一刻，我们破涕为笑，付出后的收获与快乐如此真切，分外甜蜜。

一年的漫长等待，我终于让自己的声音从校园之声的大喇叭里传遍了整个校园。每一次的播音都伴随着真切的幸福感。这一路，充满了荆棘，但是走过来之后才发现，每一次留下的心血，都浇灌出了绚烂的花。因为不易，所以珍贵。

五年过去了，再回忆起这段竞选校园播音员的路，心里依然是温热的。即使后来不再当播音员了，但经由这段经历，我知道了声音的魅力。声音可以传递表情，我能感知到一个人如果是带着微笑读文章，声音里就仿佛带着清透明亮的山风与袭人花香。而说话带童音的缺点竟然在经过专业播音训练后变成了我的优势，让我说话有了别样的亲和力，这也算是上天对我努力的回报。

当上播音员让许多人都对我刮目相看，想不到平日里安静的我口音竟如此标准，更惊诧于我因这声音从内而外绽放出的自信的光芒。然而，没有人知道，这种光芒是我躲在黑夜里的无数次练习换来的，是在校园广播站的不断磨炼、不断试错和改正提升中获得的，如同贝壳经历了长时间悄无声息的磨砺与隐忍才得来光洁玉润的珍珠，彻底绽放它耀眼的光泽。

人生就是这么奇妙，有些事情是相互关联的，播音员的经历让我得以在更多的微信群、分享会以及网络课堂的发言和教学中以声音的优势先入为主获取认可。

上个月，我的摄影梦想网络课堂开课了，我在网络上用语音给学员们授课。第一堂课结束后，我听到最多的赞美是："老师，您的声音真好听啊。"母亲也表扬了我，她说上课时候的声音气场与平日里小丫头的说话方式判若两人。

我知道，这是上帝送给一个努力姑娘的漂亮礼盒，里面装着一个干净透亮的梦，而这个礼盒只能由自己开启。

这样的梦，是心中一匹不羁奔跑的白马，它不受任何世俗的制约，不受任何荆棘的羁绊，它向往神秘而充满着花香的远方，它企盼辽阔无垠的大草原，它憧憬水草肥美的土地……前面依旧是漫漫长途，巍峨峰顶。

面对青春，我不惭愧。和所有以梦为马的诗人一样，我以梦想走这一生，哪怕一路荆棘坎坷，我不低头，哪怕一路黑暗迷茫，我心坚定。以梦为马，不负年华。

心之所及的远方，亦在云端深处。握紧缰绳，策马前行。

你最应该珍惜的，是时间

如果有人问我，最珍惜什么？

我会毫不犹豫地回答，时间。

我从不睡懒觉，即使不设闹钟，我也会在清晨七点之前起来；我也不看电视剧、综艺节目，那些连小孩子都能叫出名字的当红明星，我一概不知；我从没在手机或电脑上玩过一款游戏，哪怕是斗地主；也从不会为每天的早餐纠结，因为我总会在前一天就准备好面包，打开冰箱就可以取出来吃……

我难道不想多睡一会儿吗？不是。

我难道不喜欢看电视吗？也不是。

我难道不懂得享受有品质的慢生活吗？真的不是。

其实，我只是害怕，害怕浪费了每一分每一秒，我渴望将我生命里的每一刻都“荒废”在自己真正热爱而有意义的事情中。

对时间的慷慨，就等于慢性自杀。正如保尔所说：“当一个人回首往事，不因虚度年华而悔恨，也不因碌碌无为而羞耻。”我们必须抓紧时间工作生活，这样才不会流逝年华，荒废青春。

上大学时，每到寒暑假，我便宅在家中不知疲倦地看书、写文章，极少出门，颇有古代女子“大门不出，二门不迈”的态势。母亲总会嗔怪我：“别家大人担心孩子不爱学习，我却担心我们家的孩子不愿意出去玩。”而我，是真的被书给迷住了，我读书不比古代圣贤，不说书中自有黄金屋、颜如玉，于我，那里有个无比广阔的世界，它会吸引着我、牵绊着我，我心甘情愿地沉溺在这精彩的乐园中，品尝其中丝丝甜蜜的味道。外面的世界太精彩，可也比不过这份甜蜜让我心之向往。

一次，我看书看得实在太累，就抱着书趴在桌上睡着了，正好被下班回家的母亲撞见，气得她飞也似的一步走到我身边，夺了书，将其狠狠地扔在了床上。我知道她是心疼我，怪我不懂得休息，可是我这书呆子呀，真的是爱书如命，来不及拭掉满脸的泪水，一肚子委屈地说：“您可以打我，但不可以扔我的书。”

如今想来，当初的自己真是傻得可爱，但正是自己长年累月的坚持，才争得这每一分每一秒去阅读、去写作，也正是这一点一点的积累，才有了多年后得以出版的《见素》和《当茉遇见莉》。当拿到成书，翻开书页，我久久凝视，只有我明白，这一行行铅印的不是字，是我与无数个星月相邀的回忆，是灯下伏案的许多夜晚。我把时间交给了文字，它还给我一个心之念之的写作梦。

工作后，我除了完成教学任务，还要学习书法、钢琴、英语口语，此外，我还成为两个公众号的主编、经营着一个设计工作室、给倾心的人儿拍照。从不停歇，从不懈怠，从不虚度，依旧过着忙碌而充实的日子。当然，我也继续做着我的写作梦，夜半三更，电脑前的点点微光，那是我与文字先生的甜蜜约定。

我是那样清楚地知道，我要珍惜时间，每一天都不能虚度。哪怕会疲倦一些，劳累一些，一切都值得。可以在一天天的充实中看见希望，那是我一生为之追寻的。

后来我辞职了，最大的原因是不愿自己的时间被别人支配，我希望自己的每一天都可以做自己真正热爱的事情，没有压迫，没有敷衍，没有负荷。这样的心愿任性吗？放弃一份光鲜的工作任性吗？努力争取自己自由的时间任性吗？见仁见智。付出了失去安稳的代价，可是我获得了心灵的自由，成为真正的自己。一切都值得。

成为自由职业者之后，大家都猜想我应该会放松自己了。我没有，只因深知自由的本质就是一场最深的自律。

我依然会晚睡早起，该起床的时候，绝不会拖延一分钟。只是，渐渐地不再熬夜，我懂得了爱惜自己的身体。阅读、写作、摄影、网络教学、远行……我的生活里充满了各种颜色。有朋友羡慕地说，我活成了她梦想中的样子。我为自己争取到了做真正喜欢的事情的时间，没有什么能比这更让我觉得安心了。

除了实现自己的梦想，我更希望可以带领大家一起去逐梦。于是，我开设了“吧啦创想课堂”，每周邀请一位行业大咖为读者们做免费公开课。同时，成立了摄影梦想班，让更多人爱上摄影。我一直在忙碌着，始终在追寻，不愿停滞不前，唯愿自己身上的这份能量可以传递给更多的人。

我去往不同的城市，给自己喜欢的人和物拍照。

八月的河北，是那样的美丽，我去为雪小禅老师拍照，她对身边人说，她最看重我的，是我的善良与勤奋。

在与她相处的那几日，我不管晚上睡得多晚，每天依然坚持早起，沐着清凉晨光，在她的禅园里埋头工作。

没有人可以随随便便就过上自己向往的生活，没有人的一生会一直顺遂。唯有比别人尝更多的苦，受更多的风雨，磨炼出坚定的心，我们才会离期待的人生越来越近。

记得曾经看过的一篇文章中说，成功更多靠的是毅力与坚持，能力在其次。我很感激自己的坚持。

因为写作的缘故，我常收到读者的来信。他们在信中给我讲述那些曲折的故事，颠沛流离的人生、带刺的爱。我深深明白，人生如此不易，每天都有太多的压力与不可预知时时扰乱着我们的心。

我们能做的，唯有找回属于自己的时间，找到远处指引我们的灯塔，也许不易，但一定值得。若珍惜时间就可以改变人生的路途，我们推脱，我们懒惰，我们说做不到，岂不是辜负了我们内心广袤的心意？说“向死而生”或许太过悲壮，我们只愿将光阴真情相待、丝丝抚慰，那光阴就会在你我不经意之时慷慨地馈赠。而虚度时光，是对我们的心愿最大的伤害。

时间是一位公平的使者，你用时间来做什么事情，你就会得到相应的收获。时间用在哪里，掌声就在哪里。

鲁迅惜时如金，他说：时间就像海绵里的水，只要愿意挤，总还是有的。他把别人喝咖啡的时间都用在了工作与学习上，才会在他短暂的五十六年人生旅途中，著译一千多万字。

林清玄从小就常做一个游戏，与时间赛跑。一个暑假的作业，他总会用十天就做完了，从不拖延。但凡有所成就的人，总会有着过人之处与近乎偏执的特质。多年之后，他也把这个道理教给了更多的人：假若你一直和时间赛跑，你就可以成功。

巴尔扎克在二十年的写作生涯中，写出了九十多部文学作品，其中有许多作品都成了世界名著。他的创作时间让人惊叹：从半夜到中午工作，从中午到下午校对，下午五点用餐，五点半休息。

莎士比亚也曾说过：抛弃时间的人，时间也将抛弃他。

达成所愿的人，未必天赋奇才，未必高屋建瓴。只是他们愿意把时间付于生命所求，不曾懈怠。

可即使人人知晓这些道理，我们的身边依然有太多甘为“被时间抛弃的人”。有的人天天睡到日上三竿，有的人玩游戏玩到日夜颠倒，有的人沉迷赌博，有的人刷朋友圈、微博刷到手抽筋……这些缺少自控力与意志力的人，抛弃了时间，于是空谈还是空谈，幻梦也还是幻梦，不曾有一丁点儿的变化。

时间对于每个人都是公平的，不增不减，就看你如何利用。勤勉的人用时间做种，用勤劳做锄，收获丰硕成果；懒散的人用时间做火，用岁月做烟，燃尽生命余光。珍惜时间，把握人生，不要亵渎生命，不要枉度少年。

为了千万种不庸碌的可能，请与时间深情相伴，珍惜它、善待它，不要让它愤怒，惩罚了还懵懵懂懂的你。

此刻，还擎着一份梦想的你，最应该珍惜的，是时间。

为了实现梦想，一定要拼命

圣诞节那天，是四川省美术联考的日子。看着那些男孩女孩背着画板应考的忙碌背影，忍不住又想起了那年18岁的自己。那一年，我在省城学画，然后奔赴十所学校的美术考点，一个人背着画板提着工具箱在城市中摸爬滚打。满大街都是同自己一样背着画板应考的学子，与成千上万的人一起闯这个独木桥，那种惶恐、惧怕、苦涩总会紧紧地拽着我的心。

一间小小的画室，我们在这里夜以继日地描摹，画的是现在，也是未来。每天十几个小时的作画时间，从早晨七点开始，一直持续到晚上十二点，只有在吃饭时才会得到片刻的休憩。曾亲眼看到一个美丽的女孩因为劳累过度而昏厥在画室里，她倒下去的姿势那么美，就像是一只随风飘落的蝶。所有的人都涌了上去，赶忙把她送往医院，然后，画室又归于平静，我们依然继续执笔画着，没有人再提起她。

真的，有时我们会画到泪流满面，走出画室的那一刻，恨不得对着天空放声大叫，我们只能通过这种方式发泄内心的苦闷与压抑。我们是靠画画考大学的特长生，我们有着别人羡慕不来的荣耀与美好。但是，在这背后，却也充斥着别人无法理解的艰辛与苦痛。

很多时候，我都是寝室里最后一个归来的人。拖着疲惫的身子穿过黑夜里的街道，然后再轻轻地打开紧锁的房门。因为省钱，我们画室的七个女生一起租下了这间逼仄的小房子，屋内紧凑地摆放着三张床，两个人睡一张，剩下的那个人，就睡在地板的凉席上。而我，就是那个习惯了睡在凉席上的孩子。

我时常告诉自己，为了实现梦想，一定要拼命。也许，努力只是一个很浅薄的词，而拼命，却是可以为梦想倾注所有的力气。

在美术联考前的那段日子里，我更是废寝忘食。每天晚上下课后，我依然让自己留在画室里画到凌晨三点。那时已是深冬，我习惯先睡一小会儿，再爬起来继续作画。

有一次，因为害怕房东不愿开门，我选择留宿在画室。把画室的大门紧紧地反锁起来，关上明亮的灯盏，只留下一盏散发着微黄光亮的素描灯。我搬来一张木凳试图睡下，却终究因为寒冷和恐惧而放弃了，一骨碌爬起来又继续画画。在异常寒冷的黑夜里，我不住地颤抖，坚持着画画，直到黎明的到来。

在很多人的心里，我就是一个脆弱的爱哭鬼，但是你们知道吗，当一个脆弱的家伙开始心怀梦想与信念时，她的身体里就会迸发出无穷的力量，让自己变得勇敢与坚毅。

我曾写过一篇回忆艺考的文章，其中有这样几段——

“不会忘了，2008年的那个冬天，湖南遭遇了冰冻灾害。在那些天寒地冻的日子里，我们执着画笔在画室里夜以继日地奋斗着。”

“那时候，我与几个画友一起在离画室不远的地方租了一间阁楼。有时冷得不行，我就会在睡觉之前找来几个塑料瓶，然后在里面灌满了热水，捧着温热的塑料瓶迷迷糊糊地睡去，却又时常会在睡梦中被刺骨的寒风惊醒。凛冽的风肆意地吹着，我穿着很厚的衣服在被子里缩成了一团，瑟瑟发抖。”

“天气越来越冷，雪也一天比一天下得大，我就把画具搬到了宿舍里。执着画笔的手被冻得发红发紫，有时冷得动不了了，我就去打一盆热水，把双手和双脚在水里浸泡一下再继续绘画。”

“过年的前几天，因为想家心切，我便一个人提着沉重的画箱乘上了回家的火车。一个人挤着火车，站票，晚上不敢睡。凌晨三点在一个小站下车，拖着行李在大雪纷纷的黑夜里寻找着一处得以休憩的地方。在一个旅馆里睡了三个小时，清晨又去赶汽车，然后去码头乘船。当我背着画袋，满脸疲惫地站在父亲面前时，父亲被吓了一大跳，他不无惊异地说：‘你怎么回来了？’那一刻，我的脸上还留着未干的泪痕。”

重读这些文字，依旧会湿了眼眶，但心里却是丰盈的。我想，不管怎样，我是幸运的。因为我闯过了这座独木桥，走向另一个更加美好的世界。

考入这所大学时，我选择了艺术设计专业。我还清晰地记得，开学不久，我们班组织了一次中秋晚会，我担任了女主持，撰稿词由我执笔。另一个女主持是个个性比较张扬的女生，她对我说了一句我至今难以忘记的话：“你那么文绉绉的，应该去读中文系，怎么就来学美术了呢？”

当时的我是自卑的，觉得自己的气质与身边的艺术生大相径庭。他们思维活跃，性情乖张，个性桀骜。而我，落寞，不爱说话，整天沉浸在自己安静的世界里。有时候我会悄悄地问自己，是不是自己选错了人生的路途？

老师开始教我们画水粉静物，画设计素描，画国画，画油画……没有人知道，我花了比他们多一倍的时间与精力去完成这些作品。上天垂怜，让我连续两年都获得了国家励志奖学金。我用勤奋换来的成绩亦收获了别人的敬佩与喜欢。

奋斗的过程，亦是喜悦的过程。那一刻，我终于可以骄傲地告诉自己，我并不比任何人差。走这条艺术之路，是正确的。我不是书中所描写的文艺女青年，但是我喜欢凭着自己敏感细腻的触觉，捕捉生命里每一个艺术的瞬间。

绘画，予我一片生的希望。

用勤奋去打败你心中的自卑

很多时候，我都是自卑的。之所以自卑，一方面是周遭有许多优秀的人，另一方面总觉得自己天赋平平，时常会陷入尼采所说的“每一个不曾起舞的日子，都是对生命的辜负”的自责中。

朋友们总是笑着说，我是一个外柔内刚的人。在文静的外表下，隐藏着一颗执着的心，对认定的事物和方向特别的坚定，有一股不服输的狠劲。

有一天下午，系里面组织说课比赛。在这之前，我尚未进行过课堂教学，只是参加了一周的新教师培训，所以站在讲台上的自己毫无底气，说话都是小声的，胆怯的。系主任说：“你的教学想法特别好，能够把设计项目带入课堂，让学生在实际项目中锻炼自己。可是，你站在讲台上的时候还像一个小学生，并不像大学老师。你一定要用自己的气场镇住课堂，不要害怕。”

我知道自己在语言表达能力上有欠缺，说话慢，对人对事的反应总是慢半拍。长时间的写作让我习惯了用文字去表达自己的内心，加之我的交流一大半都是在虚拟的网络上，现实中很少与别人接触与交谈，所以我的谈吐之中总是藏着疏远与羞怯。

我对主任承诺："给我点时间，等我有了一定的教学经验，定会慢慢好起来。"

这让我想起大一时竞选校园播音员的经历。

用自己的声音去温暖更多的人，一直是我的一个梦，当播音员并不需要与人交流，所以我不惧怕。

竞选的时候我动情地朗诵了一首诗歌。评委老师问我："你多大了？"

我回答："18岁。"

她充满诧异地说："你的声音不像18岁，倒像一个小孩子。"

童音重与普通话鼻边音不分让我与校园播音员失之交臂。

那个晚上，我一个人躲在学校的小花园哭成了泪人。可是我没有放弃，从那以后，我更加刻苦地练习普通话，经常听电台，时常去播音部偷偷听播音员播读文章。

一年后，我终于如愿以偿地竞选上了播音员。当我坐在播音室里，放着舒心的音乐，读着喜欢的文章时，我的心里盛开了千万朵蔷薇。当播音员的日子让我懂得了，当你微笑着去读文章的时候，你的声音、表情、语调是完全不一样的，连声音都带着对播音的无限眷恋。

生活也往往如此，当你微笑着去面对一切，生活便会回馈给你更多的喜悦。

说课比赛的结果很快就出来了，我没有拿到好名次。获奖的教师们与领导合影，我拿出手机给他们拍合照，为他们留下这珍贵的一刻，与此同时，我的内心是坚定的。我深知我要学习的东西还很多，要走的路还很长。

这个世界这么大，不会一直都平平顺顺，更加不可能所有的甜头都给你尝，但也不会让你一直吃苦。付出了也许不一定有回报，但是如果没有付出，或者付出得不够，福报一定不属于你。你唯有用更多的勤奋去弥补自己的不足与自卑。

我相信，有一天，我也会成为一名优秀的教师。因为，我从未放弃过努力，我只是需要时间成长。

比赛结束后，我去了学校的健身房。毫不夸张地讲，那时的我已经有三年没有运动了，三年前自己还跳着爵士舞，而那个时候朋友再让我跳段爵士舞，我最多扭下腰。三年之后，我却不得不运动起来。我的身体出现了问题，因为长期在电脑前写作、设计、工作，我的肩部与颈部开始发痛发酸。整整一个暑期，为了完善《当茉遇见莉》的书稿，我几乎足不出户，把自己关在屋里夜以继日地写呀写，一心想着要让内心的温柔与悲喜尽早开花结果。因为九月份开学之后，很多时间就由不得自己支配了。

高强度地写作，我的身体一次次地向我亮起了红灯。

在健身房，健身教练教我做肩部的康复运动。躺在地上，双手与双脚一齐慢慢地抬起来，或者手握哑铃一次一次举过头顶。许多对平常人来说极易做到的动作，我却完成得无比艰难，教练说，那是因为我的肩

部和颈部长期不锻炼的结果。

生活中的得与失就像一把双刃剑，谁也不能只得不失，得到了他人眼中的光鲜亮丽，同时就有可能失去自己最重要的东西，比如，健康。

咬着牙，把这些动作做了一遍又一遍，汗水随着脸颊密匝地流下，浸湿了衣裳。心里狠狠地给自己鼓劲，加油，你一定行的！

我对教练说，我来健身房的初衷一方面是想有个健康的身体，另一方面还想减肥。因为我从小就是个胖子，从来都没有瘦过。我也想有一天，轻盈得好似一只蝴蝶。

教练说，只要你坚持下去，这些都不是梦。

胖，让我自卑。

不止一个人对我说过，如果你把体重减下去了，一定会成为一个美丽的女人。

我站在明亮的镜子前，看着镜中的自己，坚定地说，我不要再自卑，我不要再当胖子。

我爱眼前这个满脸汗水的自己，因为我

知道，只有汗水才能浇灌出美丽的梦想。

回家的时候，已经很晚了，头顶的圆月很迷人。手机里放着英文歌，我跟着音乐大声地唱起来，因为我的英语老师苏醒说，唱英文歌曲可以快速提高英语口语水平。

英语，是我的另一个自卑点。考研的时候，几乎花费了百分之九十的精力在英语上，最后才险过。研究生三年很少再学英语，每每看见外国人，我是能躲多远就躲多远。可是每次听到别人讲着流利的英文，我又羡慕不已，后来发现考博、出国旅行、工作中的对外交流都离不开英语。不知道是从什么时候开始，心里萌发了想要去学英文的念头。

多么幸运，那一年的八月初因为一个弟弟我认识了苏醒老师。现在每天早上五点起来跟着她在微信里一起疯狂说英语。她总是说："李菁，大声地说出来，不要害怕。"

第一堂课几乎是把英文从嗓子里吼出来的，母亲从客厅推门进来，问我："你这样说英语嗓子怎么受得了？"我安慰她："这是疯狂英语练习法，就是要大声地读出来，战胜内心的自卑与胆怯。"不一会儿，母亲就泡了一杯蜂蜜水放在了我的桌子上，看着那杯充满母爱的水，我更加坚定了自己前行的方向。

不管每天多忙，我都会按时练习英语口语。渐渐地我发现，那个以前不敢开口说英语的自己，开始爱上了英语。每次有进步的时候，苏老师就会在微信那边发来语音："你好棒！"

赞美与鼓励，是给予一个自卑者最好的礼物。

苏醒老师，这个对生活充满热情充满能量的女性，是我的榜样。

她教会了我一句歌词：All good things comes to the one who waits.(耐心等待，美好的事情就会到来。)

我贪婪地、一刻也不愿停歇地汲取着阳光、空气、水中的一切养分，等待着自己变得更美好。我期待着那个自卑的姑娘，有一天能够破茧成蝶，变成一名拥有爱、拥有气场、拥有独立人格的女性，并且能用这份静定的力量去感染生活中失去信心的人。

你要相信，只有勤奋能战胜心中的自卑，激发出你生命的能量。总有一天，你会蜕变成更好的自己，抵达那片葱郁的芬芳的灵魂森林。

这个时代需要读书精神

如今，处于经济快速发展的时代，人们总执着于眼前的利益得失，宁愿把时间花在丰盛的物质生活上，也不愿丰盈自己的精神生活。在我们的生活中，电子产品越来越“金贵”、越来越不可或缺，而书本常常被束之高阁。

当代著名作家麦家在一次讲座中提到，文字正在远离我们，我们正在远离书本。一位诗人也曾说过，现在是一个什么年代呢？是文字远离我们的年代。我们只有趴下来，跪下来，才能感受到文字的小小力量。

然而，于我，文字从未远离。

在我的童年记忆里，每当冬天来临，我就会与父母围在火炉旁，一人手捧一本书，各自沉浸在书本中。若是有谁看到了一句精彩的话，就会读出来和大家分享。父母是孩子最好的老师，他们对书的热爱感染了我，耳濡目染间，我常常不自知地就捧起书来读，心渐澄澈，爱书的种

子悄然发芽。

后来，不管我是遭遇痛苦，还是经历人生颠簸，书都是我心中不可替代的光亮，引导着我义无反顾地走向坚定的人生目标，无惧无忧。

我爱书如命，书亦以爱回报我。

在大学任教期间，每学期的第一节课，我会给学生们讲“阅读可以改变一个人的一生”。我用自己的成长经历告诉他们，书中有着不可估量的力量，它让一个几近堕落的差等生变成现在这样内心有力量的“励志姐”。

每次上课我都会给我的学生们带去一些好书，不敢期望哪一本书能改变他们，只愿能帮助他们养成阅读书籍的习惯。长此以往，成效显著，学生们会争着读我带去的书。课间休息时，他们还会主动与我讨论读这些书的所思所感。我分明看到，他们说到

心中的想法时，眼神里散发出一种光芒，如天上熠熠生辉的星星。

阅读好书对年轻人健康人格的塑造作用不可轻视。我带给他们读的书，是砖，引着他们去学校图书馆阅读不计其数的经典之作，这些是玉。我每每在图书馆，都会发现阅读室里座无虚席，那里满是抱着考试参考书冥思苦想的学生，考研书、雅思书、托福书，各种大小考试需要的书，而看课外读物的学生少之又少。

他们是那么年轻，正该是思想活跃、博采众长之时，却不得不把所有的阅读时间都花在应试上，不禁叹惋。一个只读工具书的人思想难免干涸，需要有丰富的营养去滋润。文学、历史、哲学等多种类型的书籍，正是枯萎河床上另辟蹊径的萌芽，它们看似当下无用，在长久的积累和领悟中，实则可以塑造你的思维方式，加强你的逻辑判断，提升你的美感素养，真真是意义深远的好书。

想一想我们什么时候才会拿起书本阅读？考试的时候，读应考的“葵花宝典”；初入职场，读如何快速融入职场的“圣经”；内心困顿，读市场上热销的“心灵鸡汤”……应运而生的阅读，只是一种应试方式、工作方式、减压方式。如此浅尝辄止，犹如蜻蜓点水，如何洗涤心灵？读书应该是自然而然的，发自内心的渴望，是融入血液的生命中的一部分。

深入地去读一些真正能震撼你、改变你、影响你、润泽你的好书吧。

读书不应只是成年人的事情，孩童时就应该养成阅读的习惯，并一直坚持。亲近文字的孩子会比同龄人更加早慧，明辨事理。现如今普遍家庭都有一种烦恼，孩子们只要离开学校回到家里，就离不开手机。父母苦口婆心地劝说、勒令，但是孩子们总会趁着大人不注意，又偷偷地玩起手机。他们用手机玩游戏、看漫画、聊天、看电视剧、搜索明星信息……玩得不亦乐乎，俨然一个小大人，即使损害眼睛也在所不惜。玩物丧

志，潜移默化中他们已经丢失了最重要的启蒙。

我有一位朋友是做小学生课外辅导的，有一次我去她家里，看见一屋子的小学生有百分之八十都戴了眼镜。我很惊讶，也深感悲哀，后来与朋友聊到此事，她说造成孩子近视的罪魁祸首是手机。

我想起了我的小学时光。每天放学回家我一做完作业就会看文学杂志，翻看父亲书架上的好书。父母希望我把时间放在考学上，不再让我接触课外书籍，我便偷偷地读。晚上等他们房间的灯关了，我就轻轻地爬起来，用大被子把身体盖严实，从枕头下面取出早已准备好的文学书籍与手电筒。手电筒微弱的橘黄光亮，陪我徜徉书的海洋，个中快乐，无以言表。

对书的痴迷也让我付出了代价，六年级我就看不清楚黑板上的字了，眼睛近视。

我的近视，不同于现今孩子的近视，两者自然都不值得效仿，但我们那个年代从小爱书的精神如今早已丢失。即使老师在寒暑假布置了阅读经典文学名著并写下读后感的作业，大多数的孩子都只是为了应付任务，随手翻看了几页书，然后用手机百度搜索一下这些名著的读后感，东拼西凑地完成作业。

阅读，成了一种应付，可悲可叹。如此，这一代的孩子才会总是以自我为中心，缺少传统礼仪的教育。

没有被书香浸润过的心灵是狭隘的。少了书香的陪伴，会使一个人在今后漫长的一生中总觉缺失。纵观大学生课堂睡觉的现象，老师批评睡觉者，他不觉有错，反而慢悠悠地说：“我毕业后不做这个专业的工作，不用管我。”如果他阅读过经典书籍，便会懂礼知耻，就会明白什么是“疾学在于尊师”。在古代，学生见了老师是要弯腰鞠躬的，长揖拜见，无上尊敬，而今我们无须那么多繁缛礼节，但尊师重道的礼规不能忘。因此，阅读之人越读越谦恭，就如同丰收的稻穗低垂下头。

由于各种软件的介入，如今变成了快餐阅读、手机阅读的“读图时代”，但依然有文化界的名人呼吁这个社会要回归到书本上来。虚拟的东西怎敌过握在手中沉甸甸的精神食粮，人读书，书养人。许多作家、艺术家与文艺工作者都爱书爱到了骨子里，书与他们骨血相融，慢慢地浸染出他们不凡的气度。

在演艺圈，那些喜爱读书的明星总会更受人尊敬，这些带着书香的明星不仅外表光鲜亮丽，内心的格局也别有洞天。许多人都喜欢刘若英，她并不是最美的，可是热爱读书的她身上总萦绕着一种淡而不俗的气场。她的恩师陈升曾说过：“奶茶是他所知道的台湾女艺人中看书最多的。”刘若英喜欢读名著，言谈举止中自然有了书香的韵致，因此她在电视剧《人间四月天》中，把民国女子张幼仪的美丽与哀愁演绎得淋漓尽致。刘若英更是挥笔写就《我敢在你怀里孤独》，淡淡素雅，却是思想中的吉光片羽。

读书当然不分身份高低，不分财富多少，只要你识字，就能看书，就应当看书。读书应当如“洗脸”一般，是生活中不可或缺的习惯。洗脸洗去的是脸上的污垢，读好书洗去的却是心灵上的蒙尘，让心灵更通透，日积月累的沉淀，让岁月更绵长。

前几日见到一位儒雅的长辈，他既是法官也是书法家，惜时如金，工作之余不应酬，按点回家读书写字。

他有一个习惯——每天读书至夜里两点才入睡，清晨六点准时起床。这个阅读的习惯几十年如一日地坚持着，他深知自己已过了知天命的年纪，余下读书的时间是过一日便少一日。如今他每日只读两类

书：法学与书法，全身心地投入其中，如同挖井一般深入地去钻研。

他的言行举止中也带着书香气质。一桌人吃饭，他挨着老太太坐，帮着老太太取下身上的挎包，每上一道菜，他总是先把菜夹到老人的碗里，他知道老人眼神不大好。与晚辈聊天时，他总能适时地赞美和鼓励对方。他自谦自己糊涂了大半辈子，不与人争，不与世争，唯独关注自我精神世界的丰盛。

有一天他去一个寺庙诵经祈愿，诵读了几个小时，大汗淋漓，背上的衣服反反复复地湿了又干，干了又湿。这几个小时，他一遍又一遍地只是在重复一句话：为家乡修一座桥。

因为家乡的那条大河总是发大水，每每洪水一来，人们就无法与外界取得联系，他暗下决心，一定要在这条河上修一座桥。

后来，他把自己名下的另一处房产卖了，大家都以为他在为儿子攒钱娶媳妇，谁知他用这笔钱在家乡的大河上建造了一座横跨六米宽的大桥。

长身玉立，精神如柱。

他身上的那种传统读书人的精神格局，如同生长在山巅的松树，迎风傲立，由内而外迸发出不可限量的力量。

人生多苦痛，要面对的责任、担当、痛苦与挫折，一样都不会少。劝勉人们多读书，并不是说读书就如同拥有“免死金牌”，就可以免去这些生命的考验，但是多读好书定会增长你的智慧与见识，让你明辨是非，懂得思考与选择。站得高看得远，你的人生或许会因此少走很多弯路。在我们急于让物质生活变得更好的同时，精神生活更要紧随其后，不然，浮华尽头总是空。读书精神是一种力量，这种力量引导全民阅读，每个人由此丰盈自身，提升精神品格，社会这个大家庭会因此少了很多罪恶、伤害、纷争，个人的小家庭也会少了许多争执、怨怼、暴力。

一个时代若以读书精神作为底色，全民共同参与描绘蓝图，这个时代也会是理性与温情的。同时，这样的读书精神可以引领人们穿越迷失的陷阱，抵达丰盈的幸福生活。

都说女人是水做的，其实女人是钢筋混凝土做的

与朋友小雅在咖啡厅喝下午茶。她问我：“对于一个女人来说，生活的真相是什么？”

我缄默不语，转而反问她：“为什么有这样的疑惑？”

小雅一边用勺子搅着卡布奇诺，一边缓缓地说：

“还记得我们少女时代的渴盼吗？我们听了那么多美好的童话，以为长大后的我们也会如童话故事中写的那样，遇见彼此相爱的白马王子，从此过上幸福浪漫的生活。可是，我现在的生活却与童话故事离得那样远。结婚时信誓旦旦说要疼爱我一辈子的男人，却在婚后时常为了鸡毛蒜皮的事情对我怒吼；因为培养孩子的教育理念不一样，婆婆对我冷言冷语；白天在公司顶着巨大的压力辛苦工作，回到家还要做饭、洗衣、哄孩子睡觉。

“一个人生活的时候，除了基本的生活费，我把剩下的工资都用来买好的化妆品、喜欢的书籍、参加乐器班……而现在，每当工资发下

来，我要想着四位老人的开支、孩子的开支、家庭的各种开支，等到想到自己时，囊中已所剩无几。前几天我去商场准备给自己买一瓶香水，但是拿在手上看了下标价又放下了，那一刻我想的是，过几天孩子在辅导班的学费就得交了，还是把钱留着吧。

“说心里话，即便如此，这些生活的压力我都不怕，我最恐惧的是老公因为一些小事而对我发脾气，我只是希望这个我深爱的男人能心疼我，可是他在工作与生活中积累下的怨气总会习惯性地发在我的身上。这样的日子，让我心凉。”

看着面前被生活摧残得面色枯黄的小雅，我无比心疼。在岁月的年轮中，我们渐渐成长，为人妻，为人母……在经历种种后方知：生活终

归不是童话，它饱含了太多的酸甜苦辣。

我永远都不会忘记在一次聚会中，一位离异不久的师长在酒后突然痛哭了出来。她说：“虽然我的事业很成功，但是我的婚姻失败了。作为妻子，作为三个孩子的母亲，我是失败的。”我听了这话心里很难过，也跟着一起掉眼泪。我能体会一个女人失去完满家庭的痛楚。后来我才知道，师长之所以离婚，是因为丈夫常年赌博欠了很多债，甚至输掉了他们的房子。她的劝阻反而成为了丈夫与她争执甚至殴打她的理由。

为了孩子，她将这段早已有了裂痕的婚姻坚持了十几年，如今，她终于选择了放手。

离婚之后，她毅然决然地带走了三个孩子，不管有再大的经济负担，她都决心要把孩子们抚养长大，让他们成为优秀的人。她明白，孩子跟着赌博成瘾的爸爸，一定会毁掉一生。她用一颗强大的心抵御了所有的伤害，坚强地扛起了这个家。

可是，破碎的婚姻，成了她这一生无法填补的痛。

这让我想起了前几天在朋友圈看的一张漫画。一个娇弱的女人，背着三个人：丈夫、老人、孩子。转发的朋友还加了一句话：“都说女人是水做的，而我觉得女人是钢筋混凝土做的！”这张漫画并不夸张，它生动且真实地表达出了现代女性在生活的百般重压下努力向前的现状。

让“嫁鸡随鸡，嫁狗随狗”的俗语见鬼去吧，女人并不是男人的附属品，结婚了也不是。女人理应有自己独立的人格，应该并且必须得到男人、亲人甚至是整个社会的尊重。

乳腺癌是专属于女人的癌症，专家也曾表示，患乳腺癌的女性中有绝大多数都有婚姻不幸、在家中经常受到怒骂甚至是暴打的现象。生活中长期积累下的痛苦、忧伤、煎熬会在女人的体内变成魔鬼吞噬着原本就脆弱的生命。

这个世界如果不再有丈夫对妻子家暴，不再有总裁对女员工施压，不再有暴徒对单身女性欺辱，我们会少遭受很多很多伤害。女人的渴望其实很简单，不过是婆婆体恤媳妇的辛苦，孩子体会妈妈的付出，最重要的是，男人懂得对她温柔相待，百般呵护。

都说女人是水做的，上善若水，容纳百川。但是现代的女性，不仅需要性情里水一般的特质，骨子里还需要如钢筋混凝土一样的内核，这样才能让自己在生活中披荆斩棘，去寻找内心最初渴望的光亮。

前阵子好友麦子来到了西安，与她聊天的时候谈及她做微商老总的心路历程，她说的一句话让我至今印记在心。麦子说，她的团队有两千人了，团队成员中全职妈妈占了大多数，并且在整个团队中，全职妈妈的销售额是最好的。这些妈妈为了照顾孩子放弃了自己的工作，但是她们不想看着男人的脸色生活，她们把微商当作自己新的事业去做。她们愿意用自己的勤奋换来收入，用自己挣来的钱给孩子、给自己底气十足的好生活。

此后我不再屏蔽朋友圈里的微商，而是怀着一份敬重之心。因为她们是靠着自己的智慧与勤劳为自己赢得在家庭中的合理地位。女人只有在物质上不匮乏，精神上才不会被打败。

女人结婚之后，时间都给予了自己的家庭与工作。除去晚上睡觉的时间，其他时间要么在工作，要么在料理家务、照顾小孩，留给自己追梦的时间少之又少。家里的钢琴好久都没有弹了，书也好久没有翻了，同城的朋友也有几个月没有见面了……女人不怕生活的压力，怕只怕来自枕边人的背叛、伤害与打击。只要那个枕边人依然心疼自己，与自己一起将小家变得越来越好，她们就会心满意足。

女人都爱回忆那个少女时代的自己，哪怕那时候有着青涩的忧伤，也觉得世界是干净明亮的，因为，那至少是一个允许做梦的年龄。

其实，没有女人想变成生活的“金刚”，如果不是现实的重压，她们都想做水一般的女子。钢筋混凝土一样的内核，只是女人为了保护自己强加上的盔甲罢了。

第二章

每一次选择都听从自己的内心

辞去大学教师的工作，只是为了去过自己真正喜欢的生活

2016年6月2日，细雨绵绵。

我手握着一份辞职申请书找系里的主任签字，步履没有半点迟疑。主任是一位极有才华的女人，她看了我的辞职信并没有惊讶，微笑着对我说：“如果是别人要辞职我会劝他再认真考虑，但是你提出辞职，我反而为你庆幸与祝福。因为我知道你有自己内心真正想要去实现的志向。”

我庆幸自己遇上这样善解人意的领导，能够让我在游向丰盈时拥有更多的勇气。

大学教师，多么光鲜的社会身份，我还记得有一位研究生同学应聘了无数所高校的教师岗位，但都失败了。她曾哭着对我说：“我最大的梦想就是成为一名大学老师，只要能让我留在高校工作，让我做再苦再累的活儿我都不在乎。”

教师，这也是我从小到大最喜欢的职业。如今，我竟然亲手放弃了它。身边的朋友都说我傻，现在进高校任教是多么不易！

去年研究生毕业之后，我就来到了这所高校工作，领导对我很器重，新书《当茉遇见莉》出版时，还专门为我在学校图书馆举办了一次分享会。同事之间相处得也很融洽，平日里我比较少言，但是他们有什么都会想到我，丝毫没有复杂人际中的钩心斗角。

学生们也很喜欢我，由于每次上课我都会给他们推荐一本书，课间他们就会跟我交流读书心得，所以我们的关系一直“亦师亦友”。

走上讲台的第一天我就对我的学生们说：“我愿意给你们拍照，用镜头记录下你们的青春。”后来我给许多学生拍过照片，他们收到照片之后总会欢喜得笑出了声，属于摄影师和老师的喜悦会无声地蔓延开来，与学生轻松自由地相处对我来说一直是无言的美妙。

这一年，在大学里任教的我很幸福。但是，我还是辞职了。我想过自己真正喜欢的生活，那是大学教师的幸福抵不过的——自由、专注、丰盈。

大学教师并不如想象中那样轻松。就拿我自己来说，一周16个课时，教两门课，带四个班。因为是年轻老师，备课花费了大量的时间，常常备课到夜里一点，早晨四点半起来继续备课，然后洗漱去学校上课。

任何职业都有欣喜与无可奈何，人生不是程序设置，不是一切都可以预计，很多偶然的因素叠加，会颠覆很多初衷，这就是人生。我们做出了努力，其他的就交给命运。想起王尔德的那句话：“教育是一件可敬

的事，但要时刻牢记，没有什么值得知道的事是教得会的。”教师这份光鲜职业背后，存在既定或隐性的教学任务，以及教研与科研的压力。

我常常是回到家后就头疼，倒在床上就能睡着。太困太累了。

我不怕吃苦，唯一让我觉得苦的是无法做自己真正热爱的事情。

这半年，我只写了几篇文章，而且都是熬夜才完成的。每次看到家中那满满一书橱的书籍，心里就会涌起一股忧伤与不安。

想看书吗?

当然想。可是课还没有备完。

我又记起一年前刚来这所学校面试的时候，有一位领导问我:“你是作家，高校的教学压力很繁重，你能放下写作吗?”我当时的回答是，我一定会做好自己的本职工作。

可是现在，我的内心告诉自己，我最热爱的事情仍然是读书写作啊。如果我一辈子就囹圄在高校教研与科研的高压里，我还能坚持自己的写作梦吗?

一位长辈对我说:“叫李菁的人民教师有成千上万个，而叫李菁的作家就只有你一个。你应该把你人生中最好的时光用来不断地创作，写出

真正有价值的书。”

每个人的时间都是有限的，在最华彩或是最朴素的有限光阴里，能做自己真正向往的事情，等到老去时以深情以满满幸福感供记忆留存。我是幸福的。

雪小禅老师是我人生的导师，她总会在我人生最关键的时候为我指路。有一天我告诉她最近在教学上遇到的压力与困惑。她告诉我，她曾在中国戏曲学院教了几年书，教的戏曲文学学生们都很喜欢，而且常常有铁杆读者从外省坐十几个小时的火车来学校旁听她的课。

但后来，她不再去中国戏曲学院教学了。原因有很多，其中有一个就是她这几年花在教学上的时间太多，没有精力写文章。她说，一名写作者只有在一种很舒缓的生活状态下才能写出真正打动人心的好文章，如果整天都为了生活忙忙碌碌，文字就会充满了浮躁。

雪老师在电话那头说，辞职吧，为了自由，为了成为那个最好的自己。

雪老师对我说的话就像一株植物一般根植在了我的心里，无法拔去。

5月29日的晚上，睡前我习惯性地看朋友圈，周冲老师的新文《从体制内到体制外，从月薪3000+到月薪10万+》吸引了我，看得我内心激动不已。周冲老师曾是教师、出纳，现在是自由写作者，在她选择辞职的时候所有的嘲笑、愤懑、怨怼都指向了她。她说，她的人生只有一种可以保护自己的武器——写作。刚开始专职写作的时候，仅能维持最基本的生活。可是勤奋的她做到了每天在自己的公众号更新一篇文章，滴水穿石，如今的她在公众号发布的一篇原创文章，仅仅是读者的打赏都高达万元，她用文字让自己成为了物质与精神双丰收的女作家。

这篇文章让我开始思考自己的人生，为什么我不可以像她一样做自己喜欢的事情，活得自由且漂亮？

我把文章发给父母看，我只是希望用身边这些成功的个例让他们知道，在当今这个时代，一切都变得多元化，是选择在体制中安安稳稳地工作还是选择在体制外发挥自己的特长和优势养活自己？其实，两条都是可以成就自己的道路，但我选择离开体制，成为一名自由职业者，是为了活出更好的自己。

我开办了属于自己的摄影梦想网络课堂，短短两天时间我就招够了一百个学员。我成了他们的摄影梦想导师。我清楚地知道，一个女人想要追求精神生活，首先要通过自己的能力稳定物质生活。

网络摄影课一周只上一次，我有了更多阅读与写作的时间。

我要用我教授摄影挣来的学费来养活我的写作梦，让我能够充满底气地告诉每一个关心我的人，我可以通过自己的能力过得很好，并且用勤奋带给更多人心灵的力量。

学员来自全国各地，都是我的读者朋友。他们选择来到我的摄影网络培训班，一方面是想要拍出更好的照片，另一方面是因为他们对我这个梦想导师的肯定与喜欢。

两天后，我把挣来的学费汇给了父母，母亲激动得一个晚上都没有睡。她在电话那头说，她怎么也想不通我会有这样大的能力，用几天时间就挣了她一年的工资。

尔后，她轻轻地说："我还是担心你的身体，一百个学生，只是检查摄影作业也会累坏你的眼睛的。"

我笑着对母亲说："不要担心，我有能力做好这一切。"一个人成长的标志是他（她）对自己与身边的亲人有所担当。

一开始反对我辞职的父母，终于同意了我的选择。因为我用自己的能力让他们放心了。我一直都很庆幸自己拥有这样开明的父母，在我人生的每个关键时刻，都会尊重我个人的选择。

在我刚刚研究生毕业的时候，我曾对母亲说，我想当自由写作者。母亲反对，她反问我："没有灵感的时候不是得饿死吗？女人一定要有稳定的职业。"

一年后，我还是辞去了教师的工作，成为了自由职业者。如今母亲不再反对，她很为女儿骄傲，因为辞职后的女儿依然过得很富足很快乐。没有人比她更懂得我的理想。

朋友问我，你辞去了工作，就失去了"大学教师"这样的社会身份，会丢失很多人对你的信赖。其实，"作家"、"大学教师"、"摄影师"，这些身份都只是标签，真正可感召人的是创作者的作品与灵魂。真正的创作者都是用作品来说话的，绝非用自己的社会身份。

决定辞职这天，我在心里告诉自己，"我终于有时间了。"那种自在感就像我告诉自己，“我终于有钱养活梦想了”一样。前者是精神上的自由，后者是物质上的自由。身心自由的人才能获得真正的快乐。

身边有太多的人在做着自己不喜欢的工作，让他们坚持下来的唯一动力只是一份生存需要的工资，又或是一份曲线救国的决心。我们努力储备知识与能力，逐渐强大自己，就是为了有一天能有底气去选择自己渴望的生活，选择自己真正热爱的事业，真正心爱的人，真正钟爱的生活状态。如果我们还不够强大，如何能逃脱现实给你的束缚？

不要害怕苦与累，努力积淀自己。因为只有你拥有强大能量的时候，才有底气去过内心真正喜欢的生活。

你会等到这一天的。

做真正喜欢的事，才会快乐

晨起。

夏日的金辉钻进镂空的窗棂，高大书橱上陈列的一排排书籍被光笼罩着，晨光洁净通透。我端坐在椅子上，左手捧着书籍，右手握着笔杆，房间一片安静，只听得笔尖划在纸页上的沙沙声，与之应和的是风扇转动的嗡嗡声。

沉浸其中，如此美好的归属，这一刻，我在倾听自己。

人生在世，日常冗杂，小到吃饭、睡觉，大到旅行、工作……分门别类，不可胜数。除却日常琐碎，我尝试过的事也多到不胜枚举，可是能让我感觉快乐的，真正触动内心深处的，依然是与文字独处的时刻，无论看或写。而这也是我选择的方向，看书写字成为我生命中的主旋律。

一生专注于自己最喜爱的东西，那是一件很幸福的事情，内心会像永不枯竭的清泉那般，清澈、明朗、深邃、动人。

成为自由职业者后，常被人问起如何安排一天的生活。

我回答，我会用大部分时间去做我喜欢的事。

“一日之计在于晨”，上午是一天中精气神最好的时候，我会利用这段时间专注地阅读书籍，并且记录下所读所感的点点滴滴。若非特殊原因，中午十二点之前我不会与外界联系。

关掉手机和电子设备，把纷纷扰扰的凡尘关在门外，全身心沉浸在自己的秘密花园里。

一个人只有在安静的时候才找得到最真实的自己，拥有这样的清醒才能与内心的那个精灵安然对话。她会时时提醒你，你在年少时许下的心愿，是你最初的梦想，你要不忘初心。

在这浮躁的世界里，我感谢自己有勇气依然可以紧紧地握着梦的藤蔓，未曾放手，并沿着它缓缓攀向梦想的高枝。

在西安这座古都已经生活了四年的时间，知己两三。我极少外出应酬，也从不去商场闲逛，我只会把时间与精力花在自己真正喜欢的事情上。我为自己买回一箱箱的书，一本一本放入书橱里。在书房，每当我把新书上的透明塑封包装剥开的时候，心就扑通扑通得像男人卸下心爱女子的御寒大斗篷一般，欣喜，心疼，五味杂陈。也是后来才知道这也许就是深入骨髓的爱了。

经济独立后，最欣喜的事情就是买书终于不用踟蹰于标价，只要是自己感兴趣的书，尽数收入囊中，我收集的书籍大多是摄影与文化随笔类的。痴迷于买书的习惯，让我能够在二十几岁的年华，就拥有了几千册的藏书，以至于高大的书橱都快放不下了。女人们总爱说“衣柜里永远都缺一件衣裳”，对我却是“书橱里永远都缺一本书”。

看来这种痴傻的爱，是与生俱来、割舍不掉了。

很多时候，当人们选择去做自己喜爱的事情时，总会听到许多不理解甚至反对的声音，特别是在你因此还舍下“安稳”、“被向往”、“优裕”环境的时候，这种反对的声音会如潮水一般袭来，汹涌澎湃。诸多的“异类”声音会让你觉得自己如同一座海上的孤岛，巨浪可能随时会把你湮没。如何应对，取决于这件事情对你来说，是否足够热爱。

如果你足够热爱这件事情，你看得到它掩藏在内里的价值与喜悦感，那么，不要迟疑，请勇敢地坚守自己内心的选择。正如吴晓波所言，在我们这个国家，最昂贵的物品是自由和理想。它们是不可以被出卖的，而自由和理想，也不可以被相互出卖。

旁观者觉得你放弃的那些荣耀与光环，是一种损失，但其实这些只是外物。你摒弃了它们，于内心净土修行，内在并未亏损。别人的评价只是表象，你能够因此而获得快乐，才是最重要的，这也是外人无法感受到的。

热爱是最好的老师。只有热爱一件事，你才会将它做到极致；不爱，你心里其实只有敷衍或浑噩地度过漫长时光的念头。

我们为什么不听从发自内心深处的声音，去做令自己真正快乐的事情，并为之倾注自己的心力和时间？它会激发你内在的潜能与激情，让你经过时间的历练与岁月的考验，成为那个真正想成为的，最好的自己。

前些日子，母亲在电话中提起了她的同事唐阿姨，唐阿姨现在每天都很苦恼，后悔自己当初没有让女儿凌凌坚持学习热爱的绘画。

凌凌在一所高校读护理专业，但她不喜欢这个专业，甚至可以说是讨厌，她的兴趣是画画。现在的凌凌每一天都很痛苦，唐阿姨也是有太多的无可奈何，看在眼里疼在心上。

凌凌读初中的时候，有一年暑假我去辅导她的美术，教她素描入门，画几何体、苹果、罐子，她学得很快，而且画得极有灵气。

考上高中以后，她继续跟随校美术班的老师习画，准备作为美术特长生考一所向往的美院。但读到高二时，事情发生转变，在医院工作的唐阿姨想让女儿以后也像她一样在医院有一份稳定的工作，不再允许她习画。凌凌哭了，流下的是与挚爱告别的泪水，她当然想一直画下去，不确定未来会怎样，可是她唯一清楚的是，画画的时候，她是快乐的。

母命难违，她最终搁下了画笔，通过普通高考考上了一所高校，专业也是母亲选的，护理——一个她并不喜欢的专业。

现在的凌凌，虽然考上了大学，但是每一天都在上着自己不喜欢的课程，这根本提不起她学习的兴趣，功课不好让她更加自卑，她的性格也越来越孤僻。这痛楚在后来逐渐扩大和呈现，逐年逐月愈发沉重。很多家长都喜欢以自己的阅历去控制下一代的人生，他们的本意是好的，然而，很多时候往往适得其反。

我在电话里对母亲说，如果凌凌当初选择的是艺考这条路，她会快乐很多。我想起了自己，曾经也是看不到未来的普通学生，但是因为从高中开始学习喜爱的绘画，一生都因之而改变了。

不喜欢的事，做起来已是浪费时间，再继续以此虚耗，追加成本太高，我们不能让不喜欢的事情侵占自己的一生，不要一生都活在他人的期盼中，我们不是谁的梦想延续，我们都是单独的存在，我们都有选择喜欢的东西的权利。但是，一个人做自己喜欢的事情的权利是不易得的，只有经过长期的积累和沉淀，你才能拥有做出这种选择的能力。

前几日，一位读者朋友和我聊天，他说他想带着相机四处去旅行，还想通过摄影养活自己，问我如何能通过摄影赚钱，如何才能实现这种生活？

我问他："你接触摄影几年了？"

"还没有接触过。"他的回答让我非常惊讶。

为什么许多人还无法去做自己喜欢的事情，去过喜欢的生活？是因为内里的积淀还不够稳实。极少有人能够在生活的同时谋求自由和快乐，你既想成为这极少数中的一员，自然需要更多的积淀。学识、才能、物质基础缺一不可。如果没有这些作为强大的羽翼，你根本飞不起来，你又如何在自由广袤的蓝天之中翱翔？

世界是公平的，你付出了辛苦努力，才会收获快乐。只要你有价值，你就值得。

我的表姐红娘子，中专毕业后，独自去了深圳打工，在餐馆当过服务员洗盘子，在宾馆当过服务生刷马桶，做着平凡而普通的职业。可是许多年后，她让很多人感到震惊了，她成为了惊悚小说界的女皇，出版恐怖小说十几本，拥有几十万忠实粉丝。

随之而来的回报是，她用码字挣来的钱在大城市买到了大房子，她在一座开放的城市找到了自己的位置，刻上了浓墨重彩的一笔。

没有一蹴而就的成功。

在洗完盘子、刷完马桶后，她没有躺下休息，而是跑到网吧写小说，直至深夜。追逐梦想的人从来都不惧怕与众不同，当舍友在看剧而她在创作时，无疑引来了无数的嘲笑声，一个打工妹还想当作家！她隐忍着不言语，每天坚持码字，在人生最黑暗的时候，选择了一件她最喜欢的事情——写作，并且义无反顾。

19岁那年，我去深圳看她。那时她已经写了很多书，在惊悚小说界积攒了很高的人气。她在我心里，一直都是神话一样的存在，她成了我们整个家族的骄傲。

在深圳的那段时间，只有我一个人出去玩，她整日地待在自己的房间里码字。只有在吃饭的时间，她才会出来坐一会儿，跟我聊会儿天。

有一天，我陪着她去了一家疗养所。她躺在白色布单的床上，医生为她做颈椎理疗，她的表情极其痛苦。我之前也隐约了解过，表姐常年写作，颈椎不好。来到她的身边，我才知道她成功的背后掩藏着极大的苦，这并不是常人所能承受的。

那一刻，我心疼她，眼里噙满了泪。

一个人想要安心做自己喜欢的事，一定要有一颗坚毅的心去应对这背后的苦与痛。破茧成蝶的痛苦过程，足够考验一个人的真心。

我们往往为喜欢的事情付出得最少，坚持得最短，到头来却抱怨这个社会没有给自己机会，其实是我们主动放弃了机会，是我们内心深处那些懒惰、自卑、怯懦的魔鬼使得自己抛弃了这些机会。我们既渴望梦想，又渴望安稳，但可怕的是，渴望梦想的实现只是为了能够给自己带来物质富裕，与自我心灵的成长、体验生命的快乐背道而驰。

有的人身家千万，但内心贫乏；有的人每天过着粗茶淡饭的日子，但内心富足。所以，一个人快乐与否，与物质并没有很大的关联，坚持自己的信念，做自己喜欢的事，爱自己所爱的人，交自己信赖的朋友，修炼自己，完善自身，这样才是最踏实的快乐。

去做你喜欢的事情吧，多晚都不晚。只要你储备的能量足够，只要你准备好出发，你一定能冲破重重阻碍，抵达想抵达的远方，见到向往已久的人生景致。既然选择了远方，就不要害怕这一路的颠沛与风雨，你会觉得所有的苦都只是为了品尝这一刻的甜，心底快乐的源泉将会源源不断，冲掉所有的风尘。

愿你眼中有万丈光芒，活成自己想要的模样

璞玉须雕琢，人须多历练，没有一蹴而就的成功。

许多人以为我从小就品学兼优，是学习的佼佼者，是爸妈和老师心目中的乖乖女。其实不然，每个人的青春，或多或少有一些不可言说的肆意妄为。

“自卑”是我青春的代名词。因为自卑，我曾想退学。

16岁那年，我读高一，文科成绩在班里名列前茅，可是理科却学得一塌糊涂。因为学业的不如意，我变得焦虑不安，多愁善感，总感觉前路一片迷茫。

那时候我刚刚加入美术特长班，却常常因为画不好一个苹果的明暗交界线而觉得自己一无是处。花季的我如同被雨水浸泡的花瓣，总有一种湿漉漉的怅惘，黏稠得让人快要窒息。

我被困了，心里的篱墙常常压抑到让我无法呼吸。于是上数理化课程时，我总是偷偷在课本下面放一本小说，毫不犹豫地陷进去，仿佛那

个世界才属于我。印象最深的是《少年维特的烦恼》，恍惚中觉得原来这个世界上还有比我更孤独无助的少年。

某次课堂上，老师在讲台上眉飞色舞、口若悬河。我对他的精彩授课充耳不闻，在自己的世界里神游着。

那时的我，内心比枯井还荒凉。退学的念头像个魔咒在我脑海里翻来覆去地挥舞。我明知这是不可取的念头，可我失去了继续往前走的动力和勇气。

老师发现了我的异常，走过来夺过我的小说，“啪”的一声，书被他狠狠地摔在了地上。他望向我的眼神如利剑一般，我把头低了下去，双腿颤抖。老师继续讲课，没再理会我。趁他背过身在黑板上写字的空当，我迅速拾起地上的书，夺门而出。

那天，我哭成了泪人，决心要离开这个令人绝望的校园。后来，班主任找到了我，在他的办公室里，我第一次说出了不想继续念书的想法。

他摇了摇头，坚定地对我说：“知识真的能改变一个人的命运，如果你高中就离开了校园，一定会后悔的。我相信你的潜力，只要你勤奋，多年之后，必有所成就！”

班主任的这番鼓励如同灯塔带给了我继续向前的动力与希望。内心的不甘让我燃起了熊熊的斗志，因为对未来有期许，我绝不能任由自己跌入无望的黑暗深渊。

自那以后，我开始秉着笨鸟先飞的态度努力向前。我付出比常人多十倍的努力去学画画，学文化课。我不聪明，所以只能付出比别人更多的时间去追梦。我不知道自己努力了之后能否考上大学，可是我知道只要努力一点，再努力一点，我就能离梦想近一点。

每一天，我都是画室里去得最早、走得最晚的那一个，我拼命地画，废寝忘食地画。美术老师见我如此刻苦，更加器重我，总会加班为我修改作品，传授给我更多的知识。不画画的时候，我会一个人跑到学校后面的山坡上大声地背诵文化科目知识点，整个山坡萦绕的都是我的读书声。

16岁那年，我开始懂得了奋斗的意义，学会了一个人也要勇敢地追梦。

功夫不负有心人，我成为了我们班唯一一个考上二本大学的应届生。考上大学，对于我们那个偏远的小镇来说，就是改变命运改变人生的大事。幸运的是，我做到了。

我走出了大山，去到四川求学。后来，我又考上西安一所一本的研究生，从四川达州辗转去到陕西西安求学。我的研究生导师是一位女博士后，学养深厚，知性优雅，虽已过不惑之年，但依旧美丽动人。跟着导师一起做课题研究，我懂得了治学的严谨，也让我羞愧自身知识的浅薄，继而埋头发奋读好书，写真正有意义的文章。

研二那年，我争取到去台湾中国文化大学研修的机会。那是台湾所有大学中藏书最多的一所大学。研修期间，我时常去图书馆阅读书籍。台版的书都是繁体字，刚开始有许多字都不认识，只要一遇到生僻字，我就会请教台湾的同学，渐渐地，我可以顺利地读完一本繁体书了。

回大陆之后，我依然时常四处淘台版的书来读，身边的同龄人大多看不懂上面的繁体字，而我每每都能读得很顺畅。

研究生毕业之后，我成为了一名大学教师，出版了自己的书籍。每一份收获的背后，都曾有过漫长且异于常人的付出，这每一份付出，都源于对梦想的执着。

就在今年冬天，我回到了我的家乡小镇，成为了一名自由写作者。我好似用了十年时间在外求学，行了万里路，读了万卷书，转了一大圈，又回到了起点。

我想起了16岁的自己写在日记本上的那句话："如果我不上学了，我会在家里看书写文章。"原来"写作"这个梦想，早在少年时就已经萌芽。

十年前的我懵懂不自知，许下的竟是一辈子的梦想；而十年后的我，生活真如梦想一样，每日与文字独处，无比幸福。

许多人在暗中嘲笑我，上了那么多年的学，现在却是待在小镇上的"无业游民"。

但如果高一那年我退学回家，必定会很快嫁为人妻，每天为了柴米油盐而操心，说不定丈夫时常会因为我没有能力赚钱而与我争吵。生活里的鸡毛蒜皮也会很快磨掉我对文学的爱，哪怕是写文章，也是伤春悲秋，永远都走不出小生活的狭窄怪圈。

现在的我，真的与十年前的那个自己判若两人。十年游学，磨砺了我的意志，拓展了我的视野，增长了我的见识，让我成为经济与精神都独立的女性。我积累了丰富的知识，拥有了支持我的读者，结识了很多优秀的朋友。我可以用摄影、设计的能力养活自己。我写作，并不是为名利，而是为了表达自己清澈有力的思想。并且我一直深信，文字有一种力量，它可以唤醒更多沉睡的心。

我感谢十年前班主任对我的那番鼓励，感谢十年前的自己没有任性离开校园，没有放弃自己。我本是一个自卑怯懦的女孩，可是十年求学的经历让我始终保持一种积极向上的生命状态，最终用知识改变了命运。原来，我真的可以活得更精彩，实现不一样的人生价值。

求学，从来都不是现代社会的产物。尽管在中国传统思想里，“女子无才便是德”，普通家庭的女孩子不用读书，长大后嫁人生娃，一辈子围着丈夫、孩子、老人转，没有自我，可是依然有一些求进步的女性努力地挣脱时代的枷锁，去追求理想中的人生。即使是民国时期，真正有才华的女性都是通过求学去改变命运的。潘玉良，她的良人潘赞化将她从青楼赎出，若不是后来留洋习画，她不会成为轰动画坛的一代画魂。

现代社会，女孩与男孩有了同样的读书权利，但思想上仍然留有传统印记。人们认为，不读书，打工也能挣钱。越落后的地方，这种想法就越根深蒂固。少时年轻气盛，因为成绩不好，稍遇挫折就想着弃学，觉得外面的花花世界很精彩，却不知青涩的年纪还没有辨别好坏的能力，很容易受到邪恶行为的牵引。所以我们会发现，那些在红灯区里游走的女人，因为没有知识的依托，舍得出卖灵魂。

求学的过程，是充实自己的过程，它会让青涩的灵魂一点一点地丰盈起来，然后终于明白一个人不只为了挣钱而活着，由知识搭起的舞台更绚烂，更广阔。

然而，还有很多人辍学是因为家庭太过于贫困，无法为自己担负昂贵的学费，所以迫不得已去打工，可是只要你有求知的欲望，依旧有机会回到深爱的校园。不要忘记，你才是那个手握命运大权的人。

在这里，我想与你们分享我的挚友闫秀的故事。

我曾在苏州悦禅给挚友闫秀拍过一组梅花主题的工笔画照片，她的美让花都为之失色，所有人都惊艳于她浑身散发的独特气质。她精致的眉眼里藏着她读过的书，走过的路，她本身就是一个故事。

难以想象，这个优雅自信的女孩子，背后曾经有过怎样巨大的艰辛和超乎常人的努力。

十年前，读高一的那年暑假，她的家里发生了一场重大的经济事故，当不幸降临，她别无选择，懂事的她想为家人分担压力，执意选择了退学。

她从那个僻远的南方小镇只身前往深圳打工。在深圳那一年，她在工厂里做着流水线工作，穿着廉价的工作服，头发凌乱。坐在她身边的大部分是中年人，不识字，脸色暗沉，眼神麻木。一个月600元的工资，每天工作15个小时，时常还要加班到凌晨。宿舍住着许多位与妈妈年纪相仿的人，她每晚把身子藏在被窝里不敢探出头，因为常常有老鼠在枕边经过。

自己从小就心怀梦想，求上进的她陷入这样麻木的生活中，内心的焦虑与痛苦无时无刻不在拷问着自己。她觉得，人生不能就这样了，她还有才华，还有梦想。

她渴望再次回到校园，像从前一样去追求自己的人生目标。

于是，她用自己在深圳挣来的钱重新回到校园继续读高二。她懂得了念书的不易与珍贵，没日没夜地学习。下课的时候，其他同学都在谈恋爱、聊八卦、玩游戏，她一概不理，只用心去看书、做题。有人苦苦追求，她也是冷眼相对。于她来说，能回到校园读书已经是上帝对她最好的恩赐，她必须珍惜。上帝一定会嘉奖努力并且有勇气的姑娘，她最终走进了自己向往的象牙塔。

而也就是从16岁开始，她保持着经济独立的状态，一直到现在。

大学里的经历更是跌宕起伏，精彩纷呈。她一边读书一边挣钱，即使之后家庭经济开始好转，她也拒绝了父母的帮助。在大学里，她做生意，当代课老师，策划活动，做过平面模特，又当过两年的模特经纪人。因为自己的努力和幸运，还有善良朋友们的帮助，她的大学生活过得丰富多彩。大二那年，孝顺的她还自费带着母亲出国旅行。

然而她并没有沉溺于一时金钱的满足。她觉得还不够，她需要再继续读书，挣钱不是一个女子最重要的事，她想继续深造。于是大三那年，她放弃了一切挣钱的门路，又回到了高中的奋斗时光，开始考研。

不出意外，她最后以四百多分的成绩继续读了研究生。成为硕士后的自己接触的又是不一样的圈层和世界，她认识到自己的不足，苦学英语的同时又继续挣钱准备出国留学。研二时，她去了英国曼彻斯特大学与韩国翰林大学访学，圆了自己走向国际的梦想。研究生毕业那年，经过一千多个简历的筛选和层层的笔试面试，她进入了电视台，留在了上海。

回忆起来，这十年，她一直保持着经济独立的状态，并且没有休息过一天。这个女孩的力量是庞大的。从打工妹到名校硕士，从小镇到国外。她从不羡慕任何人的人生，也感激命运曾给自己带来的辛苦和磨难，这份经历独一无二，成就了今天的她。

现在的她，出入任何高端的场合都应付自如，能写字，能弹琴，懂艺术，也会讲英文。她的美是不动声色的，有分寸的，自持的。她干净得让上帝都觉得那是一块晶莹剔透的玉。更重要的是，她保持了少女时代磨炼出的善良和真诚，为人处世平和温柔，谦卑低调，并且懂得感恩。

小学的时候，闫秀就是校花，但是她的母亲总提醒她，只有上学才能改变自己。所以她自始至终都懂得，作为女性，知识才是改变命运的必需品，美色只是锦上添花。在她看来，去臭美，还不如去读书。读书与行走是女人最好的保养品。

这个故事她鲜少对外人提及，我和她也算有着共同的特质，努力、爱读书、善良，她已把我当成生命中重要的闺密。那晚我在上海，她牵着我的手慢慢地给我讲了起来。我们走在夜色中的上海老城隍庙，月光下她追忆年华，往事娓娓道来，表情淡然得仿佛在说着旁人的故事。她在今年大病一场，当时她发信息告诉我她住院了，我很心疼，我知道她该歇歇了。

这才是有故事的闫秀学姐。

那个16岁在工厂里穿着廉价衣服低头辛苦劳作的闫秀一定不会知

道，十年后的自己可以变得如此优秀。就像那个在宿舍顶楼哭泣着找不到人生方向的16岁的自己，一定也不知道，十年后的她可以活成别人梦想的样子。而我们的蜕变，都源于求学，都源于心中的那团火，我们都在努力，活成自己想要的样子。

学无止境。日新月异的现代社会，求学变得多元化，走出大学校门，智慧的女人们依然始终保持着“求学”的状态，她们会保持阅读习惯，与时俱进，学会利用手机进入“微课”、“慕课”、“直播间课堂”去学习摄影、写作、英语、职场交际、经济学、心理学……女人们求知若渴的样子十分迷人可爱。事实上，女人在学习知识的过程中，知识本身的获取只占一个方面，另一方面是让你始终保持着好学、乐观、向上、阳光的生活状态与阔朗的格局，让你不会在婚姻与工作中迷失自己的独立人格。

愿你的眼中有万丈光芒，努力活成自己想要的模样。在生命的每一个季节，你都能散发出独特且持久的芬芳。

斜杠青年，用多重身份开启你的多元化人生

一次，我参加一位作家朋友的新书发布会，他是这样介绍我的：“她是一个斜杠青年，青年作家、摄影师，还是一名设计师。”

什么是斜杠青年？在我的身边有这样一群人，他们不满足“专一职业”的生活方式，而选择拥有多重职业和身份，这些身份在自我介绍中会用斜杠来区分，所以被调侃为“斜杠青年”。

在这个瞬息万变、日新月异的时代，我们对于职业方向有了更多的选择，越来越多的人因为极强的兴趣和学习能力，在不同的领域都能够崭露头角。这使得他们具备了更强的核心竞争力和更丰富多彩的人生。

以前我们说“干一行，爱一行”，不要“一山看着一山高”，但如今，时代不一样了，斜杠青年越来越流行，成为年轻人热衷的生活方式。所以当我成为别人眼中的斜杠青年时，我的内心不仅不觉得抗拒，反而充满了自豪，因为这意味着我的人生充满了无数的可能性，涂抹了更多的色彩。

斜杠青年，都是敢于打破常规的有趣人

斜杠青年都是敢于打破常规的有趣人。他们富有激情与创造力，不墨守成规，敢于打破现实的藩篱，去做喜欢的事，创造自己的多元世界，体验多元的生活，用才能与智慧遇见那个独一无二的自己。

他们在不同的职业中展现了自己的多面性，淡定从容，魅力四射，在风险中一步一步开创自己的多重人生。

他们是勇敢的一代。

“立志做摄影界书法最美的段子手，漫画界文笔最好的美食家，然而小林毕业于临床医学系。”这是林帝浣的自我介绍。作为一名老师，在教书之余，他写书、拍照、画画，把业余玩成专业，功力非凡。他的书画随笔集《等一朵花开》被评为“亚马逊2016年度十佳好书”。2017年春节，他创作的一幅画作出现在《中国诗词大会》节目中，因为充满诗情画意，大获好评，无数网友点赞称好。

他在接受采访时说：“或许，我的天性里会觉得人仅有的这一辈子，如果只能做一个职业，是很不划算的，我的人生梦想是希望自己能成为一个让人无法定义的人。”

他是大家心中的小林老师，提起他，朋友们都会说：“这个人挺好玩的。”做个有趣的生活玩家特别不易，需要有胸襟、有眼界和高格局。当有人称赞他学养深厚时，他说：“哪有，我是不学无术。”这是谦逊。一个人的有趣，从他的言行举止就能窥见一二。

在这个浮躁的时代，许多内里空虚的人总是表现得高人一等，而真正有根底的人反而低调很多，戏谑自己只是“玩玩而已”。或许是他们愿意隐藏，或许是大家不愿发觉。斜杠青年所说的“玩”背后，是不为人知的漫长积淀和艰辛、痛苦的付出。

多重身份带来多渠道收入，增加你的底气

自由写作者是我的主要身份，许多人问我，可以靠写作养活自己吗？

答案当然是否定的。写书能挣到钱的，是畅销书作家，而作为新人的我，是无法依靠版税生活的。所以在写作之外，我还需要给客户做设计、摄影、修图。如果没有设计师与摄影师这两重身份作为我物质生活的支撑，我是断不敢辞去工作回家写书的。

当然，一个人的成功不是由他（她）物质财富的多少来决定的，而在于他（她）是否可以在物质生活稳定的基础上去创作更多的精神财富回馈给社会，是否能用自己的能力给这个世界传递更多的正能量。

不要轻视了爱好，它是你多重身份的基石

有意思的是，很多斜杠青年的多重身份都不是源于自己的本专业，而是来自兴趣爱好，并且令人嫉妒地把“业余”变成了“专业”。这个“变”写来简单，做起来却是千般辛万般苦。这个过程需要时间的积淀、自身的努力、家人的支持与社会环境的依托，并不是一蹴而就的。

爱好因人而异，如果有一天你能把爱好积淀成一种“职业”，定会给你带来意想不到的惊喜。千万不要轻视你为爱好付出的时间与精力，正是因为一点点的积累，一天天的进步，才会让你的人生有创造奇迹的可能。

如果你喜欢文学，那就坚持读书写文吧，也许有一天你真的会成为一名作家；

如果你喜欢音乐，那就坚持弹琴唱歌吧，也许有一天你真的会成为一名歌手；

如果你喜欢摄影，那就坚持拍下日常生活打动自己的画面吧，也许有一天你真的会成为一名摄影师；

……

其实，重要的是这些身份吗？

当然不是。重要的是你坚持了心中所爱，用另一种方式宠爱了自己。如果你坚持了很久很久，仍然无法将爱好转变为自己的“职业”，那又有什么关系呢？在坚持的每一天里，你已经富可敌国了。

学会合理规划时间，是斜杠青年的必修课

在这里需要澄清一个误区：斜杠青年，就意味着没有核心的发展方向了吗？不是的。我们需要先找到职业的主心骨，再去“开枝散叶”，努力发芽，强大枝干，让其他身份与技能蓬勃发展，这样才会让自己像大

树一样站得住、站得稳，而不是像浮萍一般毫无根底，风一吹就散了。

“树干”身份或许并不能带给你最大收益，但一定能让你最快乐。也就是说，如果有一天让你选择放弃一种身份，它将会是你最舍不得的那一个。

拥有多重身份的斜杠青年会明晰自己最重要的身份是什么，并且为之付出更多的时间，力求让“树干”立得更稳，让“树枝”更为繁茂。所以你会发现，斜杠青年最珍惜的，是时间。学会合理规划时间，是斜杠青年的必修课。在这儿，与想要成为斜杠青年或者已经成为斜杠青年的朋友们分享几个规划时间的方法：

其一，学会适时拒绝一些邀约。

许多朋友是上班族，每当下班之后就会和同事或者朋友约着一起打游戏、吃夜宵、K歌，这些事情偶尔为之犹可，多了就毫无益处。许多自媒体大咖其实都是在下班之余努力码字，甚至做到每日更新，才积累了大量的粉丝。

其二，学会合理安排，统筹管理。

以我为例，虽然主编三个公众号，但后台有专门的工作人员管理，审稿、编辑，大家分工合作，各自为战又环环相扣，而我可以腾出更多的时间去做我想做的事，他们也得到更多锻炼自己的机会，一举两得。

你需要学会把一些事情交给信任的人去打理，这样才会在一种轻松并且井然有序的状态下去工作。

其三，把更多的时间安排给你的“树干”身份。

“树干”身份是斜杠青年人生的主心骨，是你的人生底色，所以不管什么状态下它都是排在第一位的。我很清楚自己的树干身份是写作者，所以无时无刻不以它为先。一年之计在于春，一日之计在于晨，所以今年春天我一直保持着阅读与写作的状态，没有远行的安排，而且会把写稿的时间安排在每天的清晨。

一年前我辞去教师的工作，很重要的一个原因，是因为它让我没有时间去读书写作。相比教师工作，我更爱写作，这才是我的“树干”。所以，我忍痛放弃了“大学教师”这个身份，这样才有更多的时间当好一名“写作者”，在持续的“知识输入”中通过思考内化成自己的见解，写出有质量的作品。

砍掉一截“树枝”，是为了“树干”有更多的养分输送给整棵大树，让自己的生命之树更加生机盎然。砍下它的时候当然疼，但是只有经历过这样的疼，才会更加懂得争取来的一分一秒是多么来之不易。

凤凰涅槃，而后重生。

Susan Kuang在《斜杠青年如何开启你的多重身份》一书中说：“斜杠青年不仅仅是多重收入、多重身份，而是要过上无边界人生的姿态与能力。”

事实上，我们每个人都有机会打开自己的“无边界人生”，激发出内在的无限潜能，在自由之路上，遇见更完整的自己。

越自律，越自由

现在，我生活在故乡，湘西浦市古镇。

每天读书、写书、摄影、网络教学……这样生活着，热爱着。

是的，这是我的选择。我选择了在自己心之所向的地方，做自己深爱了许久许久的事，每一天，踏实且起劲。

要怎么来形容我多么喜欢这个曾让我有点犹豫的选择？

我突然有些理解了沈从文先生当时的心情：

“行过许多的桥，看过许多次数的云，喝过许多种类的酒，却只爱过一个正当最好年龄的人。”

也有些理解美国诗人佛罗斯特的有感而发：

“林子里有两条路，朝着两个方向

而我——我走上一条更少人迹的路

于是带来完全不同的一番景象。”

当我决定辞去工作，成为自由职业者时，我就在心里告诉自己，辞职，是为了让自己争取到更多的时间去做真正热爱的事情。世界已经进入3F时代——碎片化（fragmentation）、快节奏（fast）、自由（free）。只有懂得自律，学会如何把握自己的时间与生活，才能获得真正的自由，实现自己的人生价值。

也许很多人都羡慕我成了一个“自由人”，因为“自由”就意味着我可以做很多人想做而做不到的事。可以每天不必按时起床上班，睡到自然醒；不用唯领导是瞻，随便刷韩剧、综艺节目，用“葛优躺”的姿势舒服地捧着手机看电影；没有繁杂事情的打扰，随心所欲……

其实，这是“无业游民”、“啃老族”、“寄生虫”的生活，与我毫无关联。

真正有上进心的自由职业者，由自己决定工作的时间、地点、方式，繁而不乱，多而不慢，一切规划得井然有序，比起上班族有过之而无不及。

许多人都很好奇我回到古镇之后一天的时间安排。于我，自由的本质就是一场最深的自律。

每天清晨，我会六点起床，从不让自己睡懒觉。玩到半夜三更，睡到日上三竿，是一场慢性自杀，人生的希望就在这黑白颠倒中慢慢地消散了，再寻找时，就难了。

洗漱后的三个小时，用来练书法、运动、学习英语、吃早餐。早上九点到十二点是一天中精气神最好的时间段，我会用来读书、写作。

书稿已与出版社签约，压力减小了，所以写文的时候更自在闲然，灵感来了可以连着写几篇，如果没有灵感，我会辍笔不耕。出的书越多，对自己的要求就越严格，许多人和事都在脑海里盘旋着，怕写坏了，所以迟迟动不得笔。

不写了，那就一本接着一本地读。读书，对我来说是会上瘾的事。我家就是一个小型图书馆，藏书已上万，这些书都是我仔细琢磨，犹豫半天，反复确认是爱不释手后，一本本买回来的。因此，随手从书柜取下一本都是心头所爱。

平日里看书也不会拘泥于某一种类型，小说类、散文随笔类、美学类、艺术类、收藏类、励志类、传记类，都会涉猎。小镇里早些年认识的朋友们，大都结婚生子，家事一箩筐，平日里没有人来找我说话。我好似是过着“半隐居”的自由职业者生活，清晨泡一杯清茶，伴着幽静的音乐，准时与书中的作者、人物谈天说地，乏了就起身走走，隔窗眺望远山和一片片金灿灿的油菜花田。

我无比珍惜这样带着书香与诗意的清晨。

如果说上午是我在修炼个人的精神世界，那么下午我就变身为现实世界的奋斗者，鹰击长空。

午饭后，从自己的精神世界走出来，开始利用互联网与外界对接，在各种工作之间奔忙。我早已习惯了在多重身份间角色转换：写作者、摄影师、设计师、网络摄影课堂教师、三个公众号的主编。

每一个下午，我需要备课、摄影、修图、做设计、与客户沟通、挑选公众号文章、与嘉宾洽谈、给工作的伙伴们安排各项烦琐事务；在不同的互联网平台（邮件、三个个人微信号、微博、QQ）上回复各种信息：有关于工作的、有关于学员的提问的，也有一些读者的感情生活咨询。我在一台电脑和三部手机之间忙碌着，俨然已经从一个诗意的姑娘变成了一个女超人。

吃过晚饭，我会留出一个小时运动的时间。天晴好，就和父母一起打羽毛球；下雨天，就在家中跳减肥操。据说保持良好的体型，是一名优秀女性的必备，健康很重要。

一周之内，会有两个晚上给学员上摄影美学课，一个晚上主办一次吧啦创想课堂的免费公开课，另四个晚上的时间留出来，看一些经典电影或让人获益的综艺节目，比如《我是演说家》《朗读者》《见字如面》。

晚上十一点准时睡觉，早睡是保持身体健康的前提，同时能保证第二天醒来精神的饱满。入睡前用半个小时阅读心灵成长方面的书籍，获益匪浅，且会睡得更踏实。

在掌控自己时间与生活方面，我有几个好方法，愿意跟大家分享，希望可以推荐给更多的朋友们：

第一，每天记得做时间规划。你可以专门用一个小本子写出每日的计划。在左页列出自己今天需要做的事情，在右页做一个分类。然后，按照事情的轻重缓急分为：（A类）必须去做的事、（B类）应该去做的事、（C类）想要做的事。比如今晚八点我要在网络上给学员上摄影课，我就会把这件必须去完成的事情写在A类清单中。把今天要做的所有事情按照这样的清单列下来，做完一件事画一个勾。这样你就会做到心中有数地去生活，就不会把日子过成乱麻。

第二，永远清楚对自己来说最重要的事情是什么。要把生命里更多的时间花在真正热爱的事情上，就像我认定了写作对我来说就是最重要的事，那么我就会适当地把其他事往后推推，在每天的“黄金时间”做这件“黄金之事”，雷打不动。只有这样日积月累，才会有更大的突破。

第三，充分利用碎片化时间。很多人的大部分时间都用到了工作上，但是依然会遗留出很多碎片化的时间，利用好这些碎片时间，你会有意想不到的进步。

就好比你的童年时代，每次与父母上街购物，父母总会给你一些零钱，只要把这些零钱攒起来，一年之后就会收获一笔“小巨款”。我在洗漱、吃早餐、收拾房间、打扫卫生的时候，会打开手机，用喜马拉雅APP听一些免费音频或收费课程，也会在微信里去听一些公众号的文章播读，比如“十点读书”公众号，里面的每篇文章我都会听。听得多了，自然有助于我思考，对写作也有裨益。那些无意的收获，其实都是源于你对生活的用心和对时间的珍惜，时间自然也会对你深情以待。

当你懂得如何去规划自己的时间与生活时，无论是自由职业者，还是上班族，都会拥有一种积极向上的生命姿态。对自己的时间负责，就是对自己的人生负责。而你的时间宽度和长度，是别人远远追不上的。

越自律，越自由。

她把日子过成了诗

生活，在每个人的心里都有一幅心之所向的图景，有人会选择将这种向往藏匿在心海深处，然后照旧按部就班，循规蹈矩地活着；也有人会冲破世俗的禁锢，勇敢地去做自己真正热爱的事，去过自己真正热爱的生活。祥子无疑就属于后者，她用坚毅、果决、良善和才情，在终南山把日子过成了诗。

成长就是敢做自己想做的事

祥子1990年在太原出生，因父母外出工作，9岁的时候就被寄养在亲戚家，然后开始了“抛球”生涯，几乎在每个亲戚家住不到一年，就又换到另一家去。长达六年的日子里，她不仅缺少父母的疼爱与陪伴，每天还要面对毫不遮掩的嫌弃与指桑骂槐的嘲讽。

小时候的这些际遇，在她小小的世界里投下深重的阴影，让她变得

自卑、敏感、孤独，时常一个人躲在角落里静静地与内心对话。而她日后的独立与不被束缚的心性也许就源自这样特殊的童年生活经历。

15岁那年，上了高中的祥子才与父母住在了一起。因为长时间缺少陪伴和沟通，她与父母之间存有隔阂，甚至是对峙。17岁那年，父母让她读财会专业，而她心心念念向往的却是艺术。那一年，她做出了一个让所有人都惊讶的决定：退学。

她不愿把自己最珍贵的时间浪费在根本就不喜欢的事情上，所以她宁愿不上大学，也不愿屈从于父母对她人生的安排。她这种异常果决坚定的态度，打破了那个年龄段的孩子惯常的依赖性，尚且年轻的她已能辨别自己人生的方向。她勇敢而清醒，只愿活出自己最喜欢的样子，即使在别人眼中是“放纵”。

从那以后，她人生中的每一个决定都是在听从内心的召唤。

退学后，因为对摄影感兴趣，祥子选择去影楼当一名摄影助理，每个月只有微薄的报酬。对于她做出的决定，父母坚决反对，甚至用“断绝关系”来要求她放弃摄影，但是，坚定如她，从未动摇。

摄影，那是她心中一束穿透阴霾的光芒，她怎会轻易放弃？她愿意不顾一切追逐这道光芒，一直走下去。18岁那年，她应聘到北京的一家影楼，成为了一名人像摄影师。一年之后，她辗转到深圳，在一家很有名的摄影机构工作，月薪已有四五千了。

可是，渐渐地，影楼模式化的拍摄让祥子感觉到一种压抑的束缚，在祥子心里，拍摄不该是毫无创意的复制，不该是没有灵魂的机械运作。她感知到自己对这种缺乏生命力的拍摄失去了信心。于是，她又一次决绝地做出了选择：辞职。

辞职之后的祥子带着积蓄去了云南，她选择了徒步旅行的方式，自由、深切地去感受这片土地，她在雪山与蓝天之间拍摄了许多照片，那才是自己真正想拍的。灵感流转于天地间，生命回归自然。这样无拘无束、自由自在的生命状态才是她创作的源泉。

她去全国各地给不同的女性拍摄，在网上创建博客，上传自己拍摄的作品。这不仅让她经济独立，也让她行走了大半个中国。后来，她又独自去往数十个国家，一边行走一边感受着这个世界的斑斓和趣味。这一路，相机是她最贴心的伙伴，她用镜头记录下美好的一切，用镜头去

诠释她对这个世界的认知。

她带着自己的梦行走着，漂泊着，流浪着。

穿行异域街市，经历着各色的风情，有时清晨醒来，一阵恍惚，竟想不起自己身处于哪座城市了。

她注定是属于终南山的生灵

2013年的秋季，祥子的好友带着她一起去终南山游玩。终南山的质朴幽静一下子触动了她少年时对陶渊明式山居生活的向往情怀。她奔跑在山中，喜悦之情洋溢在脸上。她又做出了一个让所有人都觉得不可思议的决定：留在终南山，过喜爱的山居生活。

这个决定并不是一时兴起，那是她埋藏在心中许久的夙愿，择一地栖居，无车马喧闹，有花木相伴。而今，何其幸运，她找到了属于自己的桃花源，她要开始书写自己的桃园生活记了。

她租了山民废弃掉的一座泥土房，开始亲手改建自己的家。

用镰刀给废弃已久的院子除杂草，用锄头挖坑扎篱笆，拆灶台，和泥，刷破旧的墙面，走很远的山路买来褥子、桌椅、油盐锅碗等日常所需。许多重活儿没有人帮忙，只能她一个人咬牙干，她的独立心性与不服输的干劲非同龄的年轻姑娘所能及。

山居之前她没有任何耕种的经验，她对这些新奇并让她欢喜的事物总是敢于去尝试。于是她学着山里的农人种菜，她的园子在不同的时节生长着各色的新鲜蔬菜，早春有菠菜、香菜，夏末有西红柿、黄瓜、茄子、豆角和红薯。

菠菜用来煮汤，香菜用来凉拌，西红柿可做西红柿面，黄瓜甜脆可口，直接生吃。吃着自己耕耘而获的果实，心里腾升满满的幸福感，清香满溢于唇齿，喜悦流转在终南山。

祥子越来越觉得她深深地热爱着大自然，并敬畏着这片土地，返璞归真的生活方式让她得以放下心中的贪念嗔痴，回归到内心，做一个物质生活质朴，精神生活丰盈的人。

小院不通水，她每天有一个必做的功课：去村头的树林里打水。两个十升装的水壶是她运水的器具，往返最少需要半个小时。

这两壶沉甸甸的水，需要她费很大的力气才能将其运回家。这已超出她所能承受的负荷，可是她依然坚持如故。如其所言：如果有什么事情是不得不做的，但做起来又不那么享受，最好的办法就是接受它，并试图从完成它的过程中找出快乐。

这是祥子的生活禅。

她将这段提水的山路当作她与大自然亲密接触的机会，沿路的胖喜鹊、躲在草丛里的蜥蜴、撒着欢儿鸣叫的蝉、河里的水鸭都会成为她的朋友，伴着她一路行走，一路欢笑。

道路的两旁是村民的果园和菜田，还有许多不知名的植物。闻着花香与果香，整个人也有了清香，好像是从骨子里沁出来的。

祥子的小院周围有一片桃园，一片杏园，桃园里还种了几棵樱桃树、几棵李树。每年春季，小院周围的樱桃花、杏花、李花次第开放，煞是动人。满眼的芬芳，就是她心中最美的“桃花源”。

祥子时常会在园里煮上一壶茶，一边品茗，一边躺在桃树的枝干上晒太阳，或者看一本好书，享受静谧的时光。悠闲的时光是这样静好，祥子在自己的“桃源”里，恣情畅快、闲适洒脱的姿态，和着山间的鸟鸣莺啼、赏着山峦林木，像极了南宋的山水田园画卷。

过自己热爱的生活，回归内心

平日里，祥子只穿棉麻的宽松衣裳，自在随性，她追求的生活状态与城市里姑娘追求的截然不同。她不稀罕奢侈品，不喜吃山珍海味，不依赖电子产品。

每日清晨起来，用山泉洗脸，从不用化妆品，她喜欢清水出芙蓉，天然去雕饰。在大自然面前，她无须修饰自己的容貌，她愿意用最本真的面目和全然的心与终南山的天地万物坦诚相待。

她食素多年，整个人看起来清瘦，但是眼里是有光的，像一枝亭亭玉立的莲花花苞一般“只可远观不可亵玩焉”。她保持着自己独立、清幽、质朴的性情，活得生动且丰盈。

她极爱荷花，少年时就在本子上一遍遍地抄写周敦颐先生的《爱莲说》，21岁那年竟在自己的身上文了一朵荷花。清净、高远、出淤泥而不染，这样的精神内核早已融入她的灵魂。

恰巧小院附近的另一个峪口有一大片荷塘，每年7月，荷花盛开时，她会跟着农人一起进荷塘采荷，泥巴淹没了她的小腿，她并不觉得脏，而是对它有满满的敬畏之心。她认为万物有灵且美，而这又都源于

土地。

山居的生活一大半的时光都是用来耕地、锄草、施肥、种菜、做饭，一天之中她总会留出一段时间背着相机包，给终南山的植物拍照。拍摄是一场相会，纯净而美好，与盛开的野花彼此映照，互诉衷肠，心照不宣。在植物里求得了性灵之美，那些植物在她的镜头里得到了永生。

有一些女性朋友因喜爱她拍的照片，佩服她特立独行、返璞归真的生活态度，纷纷来到终南山请她拍照。她对每一位来山中请她拍摄的朋友都满怀一种感激之心。不为了追名逐利，而是为了恒守那份彼此间珍贵的信任。拍摄的酬劳让她不用为物质生活担忧，同时也能在终南山拍摄出更多打动人心的作品。爱比苦更能滋养人，终南大爱滋养了她的灵性。

有朋友问她，一个人住山里，会孤独吗？

她笑而不语，这一切恰恰满足了这种不被打扰的孤独。在她看来，山居生活最少不了的就是书。她在书中与古人对话，与内心的孩童对话，这种对话即刻带来了一种清醒的觉知，她将那些吉光片羽的思绪记录下来，便成了她的第一本书《把日子过成诗》。

书的序言她这样写道："人生短短几十年，如果我不马上行动去做自己内心想做的事，以后可能就没机会了。我必须忠于自己内心地活着，我的生命只能以我想要的方式度过，否则我的生命就毫无意义！"

最让祥子心安的是，父母从当初的反对变成了接受，她常会给父母打电话，说自己在山中的趣事，也会按月给父母寄生活费。她深知，有时候物质上的给予与陪伴一样重要。在终南山，祥子终于解开了这么多年一直积郁的心结。

父母的认可与理解使得她更加坚定了自己选择的路，选择的生活。有几回她还将母亲接到了山中小住，带着母亲去爬山，去采摘自己亲手种的蔬菜瓜果。母亲在路边采了野花送给女儿，母女间的温情在山里无限荡漾开来，细腻且情深。

终南山的她是不可复制的

有许多俗世里的人见着祥子山居生活那样美，便千里迢迢赶到终南山，也想当一回“终南隐居人”，可是他们的山居生活大多无疾而终。

终南的山居日子看起来诗情画意，但是这背后却要饱尝物质条件的匮乏、无水无电的不便、亲自耕种的辛劳、孤独乏味以及来自黑夜里不可知的恐惧的苦楚。那些没有坚持在终南山生活下去的人们，缺乏的正是祥子的毅力与坚定的心。

终南山的冬天极为寒冷，许多人到了10月中旬就打包下山了，祥子却没有畏惧寒冷，仍然与冬日的终南相守。因为她知道，深冬大雪飘飞，万物都被纯净的白雪覆盖，有隐士着了蓑衣斗篷在山中吹箫弹古琴，有修道人踏雪寻梅，这正是终南山四季中最为动人的场景。

那时候的她会以雪煮茶，雪水煮出的茶清香四溢。品着茶，望着白茫茫一片，祥子才感知到，她的幸运与幸福是如此真切。她对现代的娱乐和消遣从不感兴趣，却对大自然里的一切充满好奇。

山中有许多禅修的人，或修道，或修佛，她没有信仰任何宗教，但她对每一位清修的人都充满了敬畏心，也常会拿出食物或日常用品走很远的山路去供养山中的修行师父。于她来说，她的灵魂导师即是大自然。

有越来越多的人知晓了在终南山过山居生活的女性摄影师祥子，她的名气越来越大，出了书后有人唤她作家，她总是会谦卑地回应：“不，我只是一个热爱大自然的村姑罢了。”

与大自然有缘的人，才会被大山所眷顾。真正热爱万物的人，才会被山中的万物所庇佑。她的精神世界会随着日月的更迭、年龄的渐长更趋于强大与广阔。不管是她的摄影作品还是文学作品，都会越来

越深厚，既有土地一般厚实的底子，又有山风、花香、鸟语、禅音一样的韵致。

终南山的祥子只有一个，她是不可复制的，因为她是独一无二的摄影师祥子，此间独一。

第三章

找到相爱的人过一生

最好的爱情是懂得

“银河，你好哇。

“世俗所谓必不可少的东西我是一件也不要的。

“只希望你和我好，互不猜忌，也互不称誉，安如平日，你和我说话像对自己说话一样，我和你说话也像对自己说话一样。”

“小波。

“我的活力不够，这一点从第一天见到你的时候就看出来了：你的生命的活力在吸引我，我不由自主地要到你那儿去，因为你那里有生活，有创造，有不竭的火，有不尽的源泉。

“爱到深处真美。”

爱上你灵魂的那一刻，我也接受了你的容颜

1977年，李银河大学毕业，在《光明日报》史学组当编辑。

一天，她在朋友处读到了王小波的手抄本小说《绿毛水怪》，里面描述了一对情窦初开的少男少女的恋情，其中的“真”深深打动了她。小说作者的名字自然而然地刻在了她的心里。她暗自思忖，是怎样的人才能写出这样充满诗意的小说啊！

第一次见到王小波，她失望至极，他长得真够难看的。

小波却对银河心生爱意。

不久之后，他去光明日报社给银河还书。他问她：“你有男朋友吗？”银河摇头。

“你看我怎么样？”小波的爱像冬日里挂在树梢的冰凌，赤裸裸的，毫不掩饰，却又如此纯净，让人无从拒绝。

刚开始恋爱就遭遇挫折。银河提出了分手，原因很简单，就是觉得他长得太难看了。小波气坏了，在信中说：“你从这信纸上一定能闻到二锅头、五粮液、竹叶青的味道，何以解忧，唯有杜康……你应该去动物园的爬虫馆里看看，是不是我比它们还难看。”

特立独行的王小波不仅才华横溢，在生活中也时时透露出热忱与幽默，于他来说，有趣比什么都重要。

信的末尾有一句话把银河逗乐了，他说：“你也不是就那么好看呀。”

自那以后，他们再也没有因为容貌嫌弃过对方，反而是那异于常人的精神内核将他们彼此深深吸引，再也分不开了。

没有美的容颜有什么关系呢？我爱的是你深沉的灵魂。什么貌似潘

安，美若天仙，都没有精神相通、心灵契合来得踏实且持久。

写在五线谱上的情书，是我们相爱的见证

恋爱初期，他们总是聚少离多。小波想了个主意，在五线谱本子上给银河写情书，而银河的回信就写在空白处。

他时常会在信的开头快乐地写道：“你好哇，银河。”小波曾说过，他喜欢银河这个名字，漫天的繁星是挂满嫩叶上的露珠，亮晶晶的，闪着光。

她是他一生的光亮。

如今，谁还能拾起纸笔将心里的满腔爱恋写出来，寄给那个挂在心头的人？少有。这是那个时代特有的印记。那时相爱最好的见证，就是写着对方名字的情书。一封封，以爱之名；一声声，唤着对方的爱称，告诉心上的人儿，你有多好。

思念有多苦，相爱就有多珍贵。

小波在信中写道："你想知道我对你的爱情是什么吗？就是从心底里喜欢你，觉得你的一举一动都很亲切，不高兴你比喜欢我更喜欢别人。

你要是喜欢了别人，我会哭，但是我还是喜欢你。”

小波的坦然真诚流露在情书的字里行间。

李银河写给小波的回信也满载意趣和深情，她甚至嗔怪地写着：“我还很爱嫉妒，我甚至嫉妒你小说里的女主角和那个被迷恋过的女孩。”

真正赤诚地爱着一个人的时候，会变成一个天真的孩子。我就是要你只欢喜着我，少了一分一厘都不行。

后来，他们的情书出版了，书名叫作《爱你就像爱生命》。

我坚信，你是一个文学天才

婚后，他们没有要小孩，俩人都不喜欢世俗油盐柴米的生活，日子过得马马虎虎。小波的妈妈急坏了，感慨：“他们在一起吃精神吗？”

他们一直在追求高贵的精神生活。

银河是一个知识女性，上进，求知若

潟。新婚燕尔，30岁的她远赴美国匹茨堡大学攻读社会学。两年之后，小波也去了美国，办了陪读。

在国外，他们生活得很清贫，每个月的伙食费只能靠银河几百美元奖学金去维持。迫不得已，他们俩都会打一点零工，诸如当服务生、搞装修等这些辛苦的工作。没有人知道，这小个子女人是社会学家，这大个子男人是作家。

虽然生活拮据，但是他们省吃俭用存下一笔钱遍游了美国，甚至游历了欧洲。银河在生活上极为素朴，从不在乎穿衣打扮，她与小波一样，忽略物质，看重精神。在行走的过程中，他们在精神上汲取了许多养分，相伴在一起走过的每一个城市，每一处风景，都成了铭记彼此一生的念想。

旅行途中，王小波的大哥王小平对李银河说："小波靠写小说没法维生啊。"

她回答得很坚定："我坚持小波必须写小说，因为他的文学才能荒废太可惜了。生计所需的那点物质太容易满足，实在不行，我一个人工作也够用了。而文学是他的生命，不写小说他这个人就成了行尸走肉，那样物质生活水平再高有何意义呢？"

回国之后，李银河潜心同性恋研究，王小波就职于人民大学。1992年，40岁的王小波选择了辞职，准备安心写作，他对母亲说："如果人总是瞻前顾后，就永远不可能做成一件自己喜欢做的事情。"亲朋好友都不赞成王小波的做法，唯有一个人支持他辞职，那就是李银河。

她是他的灵魂知己，是他写作的坚强后盾。

银河鼓励小波："好好写，将来诺贝尔文学奖就是你的。"

最好的爱情是互相懂得，懂得对方的才华，懂得对方的坚定。如果没有李银河给予他爱情的滋养与支持，就不会有王小波日后轰动文坛的"时代三部曲"，他最好的作品都是在与爱妻李银河相扶相依的日子里写下的。

而李银河的同性恋社会学话题研究，小波也会帮着一起搜集素材，一起采访，一起整理稿件，他们一起写下了一本研究同性恋的专著。

李银河对同性恋的研究影响了王小波，让他也开始深入关注这个特殊群体，并以同性恋为题材写下《东宫西宫》的电影剧本。他因着这部电影在1997年的阿根廷国际电影节上获得"最佳编剧奖"。

银河一直坚信，小波就是一个文学天才。

爱你就像爱生命

1997年的春天，王小波因心脏病病发而猝死，年仅45岁。

李银河怎么也想不到，那个说要陪她一辈子的男人就这样迅疾地走了，甚至在小波离开人世的前一刻，她还在遥远的英国访学，遗憾在他生命的最后一刻无法陪伴在他的身边。

她多想在他最痛苦的时候，握着他的手，告诉他："不要害怕，有我在。"

李银河独自去给王小波选骨灰盒，选着选着回头随口问了一句："你喜欢哪一个？”

好似他还在。

在她的记忆中，与小波共处的这二十年，从未有过沉闷厌倦的感觉。他的爱一直包裹着她的身体，她的灵魂。哪怕他已提前去往了另一个世界，这份温存依旧存在在李银河的生命中，不曾失去。

王小波生前并没有多少名气，作为一名作家，他写的书并不畅销，甚至有的书稿因为他对性的一些直白描写触犯了当时的尺度而不能出版，他并不能靠写作养活自己。但他死后，突然声名鹊起，作品得到了国内外广泛的关注和报道，世人无不惊叹于他的才华，他成为“70后”“80后”心中追求精神自由的一面旗帜。在他的作品被世人捧读的背后，是一个女人一边不遗余力地整理遗稿，一边努力地宣传、推广他的作品。小波能在去世后轰动文坛，成为“中国的卡夫卡”，她的付出功不可没。

多年后，李银河在传记《人间采蜜记》中感慨道：“在他一生最重要的时间，他的爱都只给了我一个人。我这一生仅仅得到了他的爱就足够了，无论遇到什么样的痛苦磨难，小波从年轻时代起就给了我这份至死不渝的爱，这就是我最好的报酬。我不需要任何别的东西了。”

很多年后，鲁豫采访李银河，问她当初收到“五线谱”情书时是怎样的感受。

这时的她已年过花甲，眼角有了皱纹，但是回答的时候仍然笑得恍如少女：“当然是非常高兴，我觉得一个人一辈子能得到这样的爱真的不

是很常见的事情。原来跟我住一个院子的朋友，她就说，这些信她一生哪怕能接到一封，就满足了。她的话让我觉得自己拥有了太多的财富。”

李银河与王小波，是真正的灵魂伴侣。互相支撑，彼此懂得，全然地支持对方的人生理想。哪怕相处只有二十年，又有什么关系呢，他们的爱情早已融进了各自的灵魂与文字作品中，那份美好的爱情定将永恒。

人们提到王小波，必定会想起李银河；看到李银河，肯定会提起她跟王小波的爱情，这样的关系，已经是水乳交融，不可分割了。在未来的十年，几十年，甚至如果后来的人们提起这个时代，李银河和王小波，都是站在一起的。

“银河，爱情真美，遗憾的是咱们老不能爱个够。真希望下个星期日早来，并且那一天，春光明媚。”

胡相思的桂花香

苏州深秋的空气中，酝酿着雨的湿润气息，这湿润里弥漫着桂花香，清且嘉。

走在平江路上，桂花的清甜香气无孔不入地萦绕，你走着，这香气便也如影随形。

一场场的冷雨下着，雨点滴滴，落在桂花树的树干、树枝上，溅起似有若无的雾气。黄色的桂花湿漉漉的，可怜兮兮中透着光亮，到底是生动了些。

想起那句“江云漠漠桂花湿”，心儿也润泽了。

雨停时，背起相机与友人逛进人烟稀少的深巷之中，让街巷里的市井生活在镜头里绵延。

文人雅士，都爱桂花。李渔亦曾写过桂花，他说：“秋花之香者，莫能如桂。树乃月中之树，香亦天上之香也。”

如此闲逛，竟与友人误入一个庭院，被院中的植物所吸引，情不自禁往里走。

一名男子端坐于院中，着枣红色布衣，手中捧着书本，专注地品读。我们走进院中时，他正悠然自得，独自端起茶杯品茗。

我们都觉得，这一进实在有些唐突，正惶惶不安之时，耳边响起主人气定神闲的声音："若不着急赶路，来喝杯茶吧。"

我们自是欣喜，坐下来，与主人一道品茗赏桂。坐下来才发现，雨刚歇，水塘中已落满了桂花瓣。老竹椅上，地上，砖瓦上，绿植上满是金黄色的小花朵，寂静之色的院子里，满满都是天上之香。我迷醉在这满院的湿漉漉中。

庭院主人年纪虽轻，却具古人气质。我说，你守着这一院子的落花，读书品茗自在闲然，真像活在现代的宋人。他笑而不语，悠悠地为我和朋友倒了茶，旁边一块铺满了桂花的青砖石上，一盘紫色提子为满院茶气平添了一抹通透的亮色。抬头之时，见屋檐处悬着一块牌匾。

“胡相思”，我小声地念出了这三个字。

这名字真让人动心啊。仿佛大雨收稍时的刹那沉寂，一时停驻。

平生不会相思，才会相思，便害相思。

主人告诉我们，这名字背后有一段凄美的爱情故事。

苏州平江路有一条胡厢使巷，厢使是一种官职，但老苏州人都习惯叫她胡相思巷。

相传距今三百余年的明末，有一位姓归的富商住在胡厢使巷中段，每天都有专门的人来他家送菜。送菜的是个小伙子，虽是农民，长相却清秀，又有学问，无意间与美丽动人的小姐相识。时间长了，二人暗生情愫。归家老爷知道此事后大发雷霆，把送菜的男子换成了中年妇女，并积极为女儿说媒谈亲。在一个月黑风高的夜晚，害了相思病的归家小姐终是跳入水井中，以身殉情。

主人说完这段故事，我望向那抖落一地的桂花，心中陡然增添了怅惘。

不管是官宦人家的小姐还是平民农家女，哪个女子不向往爱情？心中装进了动情的男子，风中才有桂花香，心心念念都是他了，颤抖着的心又何妨呢。此间真意，俱然周知。

缘起时，黄花肆意开放，金灿灿的，时光宛若也发了光。缘灭时，心就犹如那被雨打落的花瓣，狼狈不堪。残花败枝，那份凄凉的忧伤又有几人知?

次日，我离开了苏州，友人再次去访胡相思。院外柴门紧锁，想再去看一眼那一院让人动心的桂花瓣，已遍寻不着，只得悻悻而归。

到苏州前，我其实先去的上海。那儿的马路旁，别墅边，弄堂中到处都是桂花树，清香四溢。

可是啊，很久之后，当我在书中再见到“桂花”二字时，脑海中竟全是苏州小巷子里雨中凌乱的桂花，耳朵里听到的都是胡相思院子里花瓣落在水塘发出的声声叹息。

那悬在树上，风一吹就散落的小黄花，真让人心疼啊!

苏州雨，雨苏州，桂花缭绕过墙去。桂花雨，雨桂花，小巷缱绻情意浓。百花深处有人家。

有道是，人有情，花有义。纷纷扬扬，飘飘洒洒，缠缠绵绵。

最深情的爱，是一辈子不离不弃

重读《简·爱》，最让我动容的是当简·爱回到深爱的男人罗切斯特身边时，发现他双目失明、右手截肢后，坚持不放手。她说，从今天起，先生，我永远不会离开你。

她把嘴唇紧贴在他那曾经炯炯有神而今暗淡无光的眼睛上，让罗切斯特觉得这并非是一场美梦。他心里当然也有自卑，有恐惧，有哀愁，他害怕身体的残缺会让深爱的女人疏远自己，更加恐惧无法给予她一份完整的爱，他不再是那棵可以为她遮风挡雨的大树了。可是简·爱对他的爱是那样单纯与炽热，她从未想过要离开他，反而心疼他，心疼他遭遇的巨大灾难与内心的孤独，她愿意像天使一样守护在他的身边，做他的眼睛与手，让这个她深爱的男人重获幸福。

不久之后，简·爱嫁给了罗切斯特，他们的婚礼极其简单，到场的只有这一对新人、牧师和教堂执事。在外界看来，这一定是一件匪夷所

思的事情，她本可以选择身体健全、资产富裕的伴侣，本可以选择在世人看来更般配的婚姻。但是简·爱的心里很清楚，她只遵从自己内心最真实的声音：要与一个彼此相爱的人在一起。罗切斯特身体的残缺并不曾让她感觉不幸福，相反，她深感自己能成为他的妻子，就是她在世上所能得到的最大幸福。那种幸福感，来自两颗心的契合与深爱。

婚后，她是他的眼睛与右手，她永不厌倦地领他到他想去的地方，替他做他想做的事情。对他的日常生活照顾得细致入微，并无半点怨言。她为他念书，带他去大自然，用自己的语言描述田野、树木、河流、云彩、阳光。

相爱，让两个人成为了一个人，她完全是丈夫的生命，就像丈夫完全是她的生命一样。她是他的骨中骨、肉中肉，是真正用心去陪伴对方的灵魂伴侣。

两年后，也许是简·爱对丈夫的深情感动了上帝，罗切斯特的眼睛奇迹般地恢复了视力，虽然还不能完全跟正常人一样，但已不需要人搀扶就能自己走路了。并且，他们拥有了爱情的结晶，一个拥有一双明亮大眼睛的孩子。

真正的爱情是不管遭遇怎样的病痛与磨难，两个人始终相依相伴，就像《白蛇传》里洞房一折唱道的："许郎夫他待我百般恩爱，喜相庆病相扶寂寞相伴，才知道人世间有这般滋味……"人们常说，真爱只是电视电影或者小说用来娱乐大众的玩意儿，现实从来不存在。其实，寻常百姓家的点滴真情，才愈显珍贵。而且，他们一样有这般患难与共，深情相扶的真情故事。

我的姑姑年轻时是一个十分美丽的女人，姑父是小学教师，两人育有两个女儿，虽然生活不是特别富裕，但是因为她勤俭持家，小日子过得幸福喜乐。然而幸福太短暂，就在她而立之年，病魔把无情的手伸向了她，她被查出患有硬皮病。她的手指渐渐萎缩僵硬，脸部肿胀，嘴唇紧缩，身体多处关节疼痛，医生说，她得的这种病是不治之症，活不过几年了。姑姑在深夜里哭了又哭，不明白上天为何如此残忍。她多想再活几年，她要看着女儿长大成人，还要把女儿的手亲自交到另一个男人的手上。她更舍不得陪伴在她身边的这个男人，他们说好了要陪对方一起走一起老的，她怎么能这么快就离他而去呢?

沉默寡言的姑父带着姑姑四处求医治病，发誓一定要治好妻子的病。白天他悉心地照顾着妻子的饮食起居，在病床前一直忙碌着，他执着姑姑已经萎缩的手说，一定会好起来的，一定会的。

他说这话的时候是那样坚定，仿佛真的会有奇迹出现。可是当他一走出病房，就蹲在地上号啕大哭起来，那种痛苦如同心里扎了千万根针，拔不掉，生生地疼。

后来姑姑出了院，在家吃药静养。她以前还摆摊儿做生意为家里分担经济压力，可是自从她生病之后所有的重担就全压在姑父身上了。上午姑父去学校上课，下班之后马上赶回来给姑姑做饭，忙完之后又回去继续上班。他不断重复着学校与家两点一线的生活，一边是工作的责任，一边是对爱人的责任。姑姑走到哪儿都要坐轮椅，病魔折磨着她的身心，她的脾气变得越来越暴躁，经常对着姑父发火，厉害时还会砸东西。姑父对她毫无抱怨与反驳，每次都是静静地收拾完被打碎的物件，然后用非常平和贴心的话语去安慰姑姑，把她宠得像一个孩子。

医生断言活不了几年的姑姑，竟然在姑父的悉心照料下奇迹般地继续活了十八年。我相信一定是姑父对姑姑的深爱带给她运气和福气，还带给她年复一年与病魔搏斗的勇气。十八年后，他们的女儿早已嫁为人妻，并且他们如愿抱上了外孙女。

姑姑在病魔的摧残下早已没有了年轻时的美丽容颜，她的全身在一点点萎缩，看起来像冬天的木棉树一般了无生机。但是姑父从未离开过她，他爱年轻时的妻子，同样也深爱着被病痛折磨着逐渐老去的妻子，这份爱他从未说出口，却在日常生活的每一天里深情不移。

他们的家在六楼，他总是将妻子先背下来，然后去取轮椅。傍晚，他推着轮椅带她去看溪流，绿植，夕阳，鸟群。路边如有盛开的小花朵，他一定会摘下来送给她，她露出的灿烂笑容，与他初见她时一样天真烂漫。

2016年的冬天，姑姑永远地离开了这个让她深爱的世界，在她弥留之际，陪在她身边的人依然是深爱了她一生的男人。

姑姑是不幸的，被病魔折磨了一生，可是姑姑又是幸运的，被一个男人深爱了一生。

在她病痛到快要绝望的时候，是丈夫握紧了她的手，给了她活下去的力量，让她拥有生命的奇迹。最深的爱，莫过于无论两个人经历怎样的病痛、苦难、灾祸，依然温柔执着地陪伴在对方身边。

婚姻是一个人一生最大的赌注，因为你无法预料在漫长人生中，两个人会遭遇到什么，是否能坚持走下去，但是当你们因爱走到一起的那一刻就应准备好与对方共同面对人生的勇气。婚姻里不止有欢笑、幸福、亲吻，还会有磨难、病痛、泪水。平顺幸福的时候，要珍惜对方，当苦难病痛降临时，更要告诉你的伴侣，不要怕，我们一起去面对，我绝不会放手，所以你也不要放弃，好吗?

深情且长久的陪伴那么美好，以至于当我们走在路上，看到两个头发花白的伴侣手牵着手散步的时候，总会心生羡慕之情。在心里想着，自己何时才能遇到那个“执子之手，与子偕老”的人?

最深的爱啊，是一辈子的不离不弃。

像荷西爱三毛一般去深爱自己的女人

随着三毛“流浪文学”在华语世界的流行，三毛与荷西的爱情故事也羡煞了太多读者。许多女性都表示，在少女时代读三毛作品时就希冀着自己以后的爱人是像荷西一样的男人——温柔、浪漫、自由、坚毅。

荷西，这个留着大胡子的男人确实用自己的行动教给世间男子一道人生的课题：如何去深爱自己的女人。

爱她，并应该矢志不渝

三毛在西班牙马德里大学读大二时，认识了正在读高三的西班牙大男孩荷西。三毛喜欢这个朋友的纯真，他们经常一起踢足球、骑摩托车、打棒球、到旧货摊儿购物，两个人在一起相处得很愉快。

有一天，他们在公园闲坐，荷西突然对三毛说：“Echo，你等我六年，我有四年大学要念，还有两年兵役要服，六年一过，我要娶你。”

三毛是感动的，但是依然执意要求荷西不要再来学校找她，三毛还无法确定一个小她六岁的男人的热情。她不曾认为他们真的能够相携执手，尽管与他在一起时，她是快乐的。

于是，他们分手了。三毛一生都难以忘记分手那夜的情景：荷西硬要她先走，三毛不愿先走。他拗不过她，就倒着往后跑，手里拿着他从未戴过的法国帽，一面挥手，一面喊道："Echo！再见！Echo！再见！"眼泪都快下来了，他还在扮着鬼脸。鹅毛大雪隔着他们漫天飞舞。

三毛后来回忆说："他是一个难得而且与我真诚、真心相爱的人，我几乎忍不住要狂呼他的名字，叫他回来。"

1972年底，三毛回到了马德里。昔日的女友邀请三毛去她的家里。朋友带三毛进入房间，要三毛闭上眼睛，随后将房门关上出去了。接着，三毛又听到有一个人开门走进来，一双很温柔的手臂，从背后将三毛整个人环抱起来，一个高大挺拔、满脸大胡子的男人抱起三毛，在房间里旋转。"荷西！"三毛高兴地尖叫起来，快乐地拥抱他，亲吻他。他长大了，距上一次别离，刚好过去了六年时间。这六年，他的脸上多了几分成熟男人的印记，少了几分青涩的少年腼腆。

荷西带着三毛去了他家，打开门，映入眼帘的竟是满墙三毛的放大照片！那一刻，三毛的思绪猝不及防地穿越时间的缝隙，忆起与这个男孩分手时的依依相望。她无法再回避这份持续了六年的情谊，泛黄的照片可以作证，相逢的喜悦可以作证。三毛在心里告诉自己，再没有哪一个男人可以像荷西一样爱自己爱得那样真诚与踏实了。那个立在树下，手持法国帽，向三毛挥手的少年，满眼期许，不离不弃，终是明媚了三毛敏感的心。

她问面前的这个男人："荷西，记得你六年前的最大愿望吗？如果我告诉你，我要嫁给你，会太晚吗？"

他流着眼泪说："天啊！一点也不晚！一点也不晚！"

六年的承诺，六年的等待，只要心诚，天涯若咫尺，荷西用自己矢志不渝的真爱打动了三毛的心，没有敷衍，没有巧语。一句承诺，带着温润的光芒，带着坚实的厚度，镌刻在心里，就不会消逝黯淡，这是一个男人对一个女人最真挚诚恳的爱，是一个男人对所言所为最执着的坚持。在这个快节奏的时代，爱情也在高速发酵中蔓延繁衍，和着一座城市阴晴圆缺的变化，变得越来越快餐化。爱是多么天真简单，它不是一个男人前一秒还在对一个女孩说"我喜欢你"，遭到拒绝后，后一秒又转身对另一个女孩说"我爱你"。他们在变幻莫测的世界里游戏人生，不屑于执着的人生和忠贞的爱情，更没有胆量、意志力和责任感去坚守一份真情。他们只用撒网式的爱情表白，去换取一点点内心的快感，敷衍出一个爱情的结果罢了。这绝不是爱情。

荷西把所有的春天都揉进了每一段日旦清风，好让三毛在每日睁眼呼吸第一口空气时，就能感受到明媚的暖意，继而延续到每一段黄昏，直至夜幕挂垂。若是男人们都能像荷西这般专一地去爱一个人，守一份承诺，那么会多出多少"有情人终成眷属"的美好故事。爱之于他们，是小而美的存在，却能无限延伸出大而悠长的今生今世，甚至来生。

与最爱的人去最爱的地方

“你真的坚持要去沙漠？”

“认识那么久了，你总是东奔西跑，好不容易我服完兵役了，你又要单独走，什么时候才可以跟你在一起？”

不管荷西怎么抱怨抗议，可这就是三毛啊，自由，不羁，想做什么就做什么，想去哪里就去哪里。荷西喜欢的不也就是这世上独一无二的三毛吗？为什么是撒哈拉呢，那是三毛某日无意间在《国家地理》杂志上翻阅到的大漠风情图。一眼相遇，一生归栖。三毛说：“我只是看了一眼，我不能解释的，属于前世回忆似的乡愁，就莫名其妙、毫无保留地交给了那一片陌生的大地。”

面对三毛坚持要去认识沙漠的愿望，荷西只丢下一个字“好”。接下来的日子，荷西好一阵子不知了去向，没有一点音讯。

“等我给自己排好时间，预备去沙漠住一年时，除了我的父亲鼓励我之外，另外只有一个朋友，他不笑话我，也不阻止我，更不拖累我。他，默默地收拾了行李，先去沙漠的磷矿公司找到了事，安定下来，等我单独去非洲时好照顾我。”

几句平述，三毛写得冷静、直接。可是我分明看到掩映在陈述语句下的惊叹号，如果不能分别，那就一路同行吧，这个行动在言语之前的大男孩荷西，不正是爱情里最好的样子吗？以至于后来三毛说：“在这个人为了爱情去沙漠里受苦时，我心里已经决定要跟他天涯海角一辈子流浪下去了。”

三毛是知道的，荷西的爱在航海。大海之于荷西就如同沙漠之于自己。荷西曾经对三毛兴奋地说过要去爱琴海潜水，可如今却在茫茫的沙漠里了。这一切，只为了能与三毛在一起，他了解三毛执着自由之心，他宁愿暂时放弃自己的梦想，随她去流浪。三毛曾说过，她爱的男子，一定要有一颗流浪的心。

让最爱的人去做她最爱做的事，与最爱的人去她最爱的地方。荷西没有抱怨自己获得的多了还是少了，只是进入了三毛的心里，做了她的同谋。荷西的爱，饱含着尊重、理解和成全。这在三毛，就是世间最好的爱，最厚的情。

最好的礼物是懂得她的心

沙漠的生活是艰苦的，这里的人们见不到太多的惊喜和不同，荷西与三毛的婚礼都可以成为小镇法院里的大事情。但他们依然可以把一场简朴的婚礼办得不落俗套，那别在帽子上的香菜叶，那第一次主持婚礼的主婚人，那在沙尘里走向礼堂的新婚徒步佳偶，甚至包括蹩脚的新婚礼物。

“我赶紧打开盒子，撕掉乱七八糟包着的废纸。哗！露出两个骷髅的眼睛来，我将这个意外的礼物用力拉出来，再一看，原来是一副骆驼的头骨……我太兴奋了，这个东西真是送到我心里去了。”

“去找的啊！在沙漠里快走死了，才找到这一副完整的，我知道你会喜欢。”三毛的兴奋，荷西的得意，不就是爱人间最好的互动吗？而这一刻的契合是源于对爱人的知心理解，源于支持和欣赏。

一个人在面对自己的爱人时，不论他是贫穷困顿还是富甲一方，都不应该以自己的单方面认知武断地认定对方的喜好，或者霸道地规定对方的行为。要想好好爱，就要有让对方自由生长的宽容和担当。相爱，却不彼此消耗和一味索取，懂得心的爱才会生出最契合的和弦，奏出美妙的乐音。

用自己坚毅的臂弯去支撑起这个家

沙漠的物质生活很贫瘠，为了带给三毛更好的生活，荷西经常加班，希望自己能挣更多的钱去支撑起这个家。他从不要求三毛去做什么，甚至当三毛屡次提出拿出从台湾带来的存款贴补家用时，荷西总是拒绝。他觉得自己理应承担这个家庭的经济责任，从未抱怨过生活的艰辛。面对三毛眼巴巴渴望他留下陪她的眼神，他也只有心疼而无奈的安慰，还是要转身离开去工作，以求得更宽裕的生活境遇。

搭乘夜晚最迟的班车回到工作的地方，亲手搭建他与三毛的小家，去盖房顶，去圈羊，去完成一个又一个沙漠计划。他不愿让三毛吃苦，他宁愿自己吃更多的苦。

与心爱的女人一起去拥抱生活

荷西和三毛是喜欢从俗世的生活中提取积极有趣的养分的。荷西休假的日子里会陪着三毛一起去沙漠旅行，去拍照，去给住在大漠里贫困的撒哈拉威人送生活日常所需。

生活到经济拮据，两人竟能想出去海边捉鱼回来卖的法子。一边捉鱼，一边探探海边的宝藏，一边红着脸卖鱼吆喝，一边请客吃饭，一场轰轰烈烈的挣钱行动，融合着欢喜和无奈，也成为荷西与三毛撒哈拉生活中有趣的一幕。

两个人在沙漠阿雍白手起家，一起去拥抱生活里一切细碎的被他们绘出色彩的小事。撒哈拉茫茫无际的荒漠不但没有荒芜了他们的心智，反而让他们更细心地呵护每一份细小的感动，每一个用心的策划。他们在繁华的都市中没有找到的东西，却在撒哈拉的土地上闪闪发光。爱，这样温暖的东西，越在荒芜中越能显示出它的热度。这里有人与人之间的爱，也有人与环境之间的爱。荷西与三毛，用心感受着这片土地带给他们的一切，并心怀喜悦，与它和谐共处着。

1979年，在一次潜水中，荷西意外丧生，三毛成了“未亡人”，她陷在了深深的痛苦里，写了纪念荷西的系列文章。在三毛余下的几十年里，她从未忘记过这个深爱她的大胡子男人。

三毛常常幻想自己和已经不在世的荷西有精神上的联系，他仿佛从未离开过她。

这个世界上再也不会有第二个男人像荷西一样，用尽生命来深爱她了。

第四章

这个世界最温暖的，是人与人之间的深情

在充满书香的家庭里长大，是怎样一种幸福

前世我一定是做了不计其数的好事，今生才这么幸运遇到我的父亲和母亲。

27岁这年，我回到家乡浦市古镇，过上了向往已久的自由写作者生活。

众人都无比歆羡地跟我说："你活成了我们心里的梦。"可我想说，我今生能有缘过上理想中的生活，都是因为有我的父母，因着他们的支持、理解、深爱与包容，我的路才能越走越好，越走越远。

父母亲都出自书香门第，父亲是个名副其实的书痴，家中藏书无数。我的整个童年与少年时代都赖在了他的书房里。父亲身形高大健朗，一脸正气，加之嘴上方的一字胡，颇有鲁迅的风范。他给自己起了个笔名叫"胡子"。父亲爱梅，因着母亲名字里有个"梅"字，爱梅之心更甚，几十年如一日地研究梅花。父亲明明是个才子，却偏偏命途多

舛，终不得志，只好把大展宏图的希望都寄托在我身上。

印象很深的一个画面是，寒风瑟瑟的冬夜，一家人围在火炉旁各自阅读好书，若是谁发现了精彩段落，就会读出来跟大家一起分享。火炉里的炭火熊熊燃烧，橘黄色的火光映衬到我们的脸上竟似有了一种安宁的喜气。落针可闻的屋子里安静极了，只有老钟的嘀嗒声、翻书声和间或发出的碎碎念的读书声。

年少时，镇上还有一家不大的新华书店，每当我期末考了高分，父亲就带着我去新华书店，随我任意挑选书籍，这是父亲能给予我的最高的奖励。小镇的书店因为这样的特别存在，显得特别有人情味。而现在，镇上别提新华书店，就是一家像样的小书店也遍寻不着，实为可悲。

那时候我们家生活条件其实并不好，日子过得紧巴巴，母亲是不允许父亲拿家中过日子的钱去买书的。后来父亲想了个主意，他偷偷攒了许多废品，每隔几个月就让收购废品的大叔来我家，为此父亲拿到了为数不多的钱，但已经欢天喜地，隔几天就偷偷买回来几本好书。有一次被我发现了，父亲说这是我们之间的秘密，我真的保密了很久很久……

我渐渐被父亲爱看书的行为潜移默化了，也开始读越来越多的书，甚至看已经满足不了我了，我便开始写，拿支圆珠笔很认真地写在日记本上。每每写完一篇，必是第一时间读给他们听，我并不觉得自己写得有多好，可是每当听到他们的赞赏，我好似凭空添了许多的信心，对写作又多了几分向往。这样的鼓励对于一个年少无知的孩子来说无异于点燃了一把文学的火种，“噌”的一下堆高了火焰。

梦想路上的任何贵人都是生命的馈赠，有人在失意里等待，有人在笑意里喝彩，无论何时何地，他们都是一股实实在在的支撑力量，是山川海阔，是云淡风轻，是前行的伴。更何况，这样的陪伴来自父母，便就拥有了天地间的无穷力量。

初中时，我进入叛逆期，任性、忧郁、桀骜不驯、不愿上学，人生是一眼望得到尽头的灰暗，没有半丝少女应有的欢喜相。由于我的淘气，父亲时常被班主任叫到办公室谈话，有一次差一点闹到退学的地步。他回家之后既不打我，也不训斥我，甚至连一句重话也没有，只是一遍遍跟我讲道理。母亲也只是叹气，并无半点怒火。他们好似知道这只是我人生中的一个劫，渡过去了，便依旧有希望。

父母最知儿女心。

高中，我学了美术，仿佛一下子就醒过来了，之前的叛逆好像只是做了一个长长的梦，梦醒了，我便重拾起心中的大学梦。每天晚上我都会熬夜画到十一二点，拼了命似的付出着，每当我从画室拖着疲惫的身子走出来，就会看到父亲推着那辆老旧的自行车在黑夜的昏黄路灯下等我，他的影子被拉得好长好长，盖过我心中所有的恐惧与孤独。就这样，每天晚上我就坐在他的自行车后座，给他说白天发生的好玩有趣的事情。父亲一边被我逗得哈哈大笑，一边卖力地骑着车，仿佛后座上坐着的，就是他的全世界。

天道酬勤。

2008年的那年夏天，我考上了川东的一所大学。父母高兴得不行，怕我路上东西多不方便，执意要一起坐火车送我去学校。因为东西太多，只好都塞进巨大的麻布袋里，这里头还有一床十斤的被子，他们知道我怕冷，把结婚时做的厚被子一并给我带上了。行李很重，父亲只好用扁担担着。他们在学校帮我一起办理了入学手续，第二天就匆匆返程了。由于他们只买到站票，从重庆上了火车后，整整几十个小时，他们一直这样站着。父亲在电话那头说，母亲都站哭了。我亲爱的父亲母亲，这一份爱，整列火车都装不下啊！

读大学那几年，我与父母保持着书信来往。拿起钢笔，在信纸上写下生活的琐碎，哪怕只是一些细小之事，也觉得郑重。只是很少在信中提想念，我总是疏于对情感的表达。尽管如此，每次收到父母的回信，都觉得受益匪浅。

母亲很少写，大多情况是由父亲执笔写，母亲在旁边说。写的都是对我人生的一些指引，谈及读书、写文、生活、做人，甚至也会谈到如何去谈一场恋爱。隔着万水千山，仿佛他们就在我身边。他们在信中唤我“小二”，落款是“想念你的大一、三号”，这是我们之间惯用的昵称。在我家，母亲是一号，我是二号，父亲最没有“地位”，只能是三号。在家中每当做好了饭菜，父母就会大声叫唤我“小二”，声音传得老远，正在邻居家玩耍的我就会飞奔着跑回家。

有了父母的鼓励，大学那几年我特别用功，还拿到了大学里最高级别的“国家奖学金”，我把钱都汇给了家里，父母用这笔钱还清了供我读艺术类专业大学的债务。

大三那年我决定考研，父母特别支持我继续深造，他们相信知识能改变命运，按他们的话说就是："只要你能考上研究生，我们砸锅卖铁也要供你读完。"父母的支持给了我很大的信心，一年之后，我通过自己的奋斗考上了西安的一所研究生院。

研二上半学期我争取到了去台湾研修半年的机会，几万元的费用确实让父母为难了，但他们知道这是一次让女儿开阔视野的机会，不能留下遗憾，于是他们计划着把家门前那片菜地给卖了，用这个钱供我去台湾念书。我一听急了，菜地是他们的命根子，父亲喜欢在那里种新鲜蔬菜，母亲喜欢在那里种花，这怎么能卖呢？

最后，父母没有卖地，从朋友那儿借到钱让我去了宝岛台湾。很多时候，他们宁愿把艰辛留给自己，也要给女儿一个广袤的天空，让我自由去翱翔。

后来，我的书在全国出版上市了，有了更多支持我的朋友，我终于走出了一条属于自己的路。最高兴的莫过于我的父亲母亲。他们从网上买回我的书，看了一遍又一遍。小镇里的人都在他们面前对我赞不绝口，他们笑得合不拢嘴，可是他们从未在我面前显露出这份自豪，父亲总会叮嘱我，要谦逊做人，勤奋写文，读更多好书。

当我选择离开教师岗位时，他们刚开始是不同意的，觉得丢掉稳定工作太可惜。可是他们看见我可以通过摄影与设计养活写作梦时，就欣然同意了。他们比任何人都懂得我对于写作梦的这份执着与热爱。我不怕任何挡在梦想前面的障碍，顺应一切的发生有助于自己成长。只要我知道前行的方向在哪里，总会有办法为梦想开路。

18岁离家，十年辗转，城市追梦，每一年只有寒暑假才能回家，停留的时间都不长，这些年一家人待在一起的时间都不够十个月。父母成为了一串电话号码，一张信纸，一个遥远的港湾。一个女孩子在外拼搏并不容易，外面的世界很精彩，却也暗藏许多欺骗、伤害、陷阱、诱惑、责难，我的外表虽温柔怯懦，但骨子里有着母亲的傲骨，不管吃多大的苦也从不会在电话里跟父母提一个字。

不是不愿意说，而是怕他们担心。我怎不知道“儿行千里母担忧”？那些打碎牙吞下去的苦难，父母知道一分一毫都会疼上一世一生。

有很长一段时间，我陷在人生的滩涂里，无法自拔。

远在异乡的我，根本不知母亲为此日夜不能寐。父亲也是后来才告诉我，在那段日子里，他痛苦万分，却不知如何是好，恨不能替女儿去担去承，最难过的时候躲在卫生间痛哭流涕。

有些伤痛，如果儿女遭受的是一分，那么对父母来说，必是十二分。

好在后来都好起来，一切都是最好的安排，经过黑暗，光明来得更加灿烂耀眼。

去年深秋，苏州悦禅的主人夏枫先生为我在姑苏城举办了一次个人分享会，我带着父母坐高铁去了苏州。这是他们第一次坐高铁，一路看见什么都觉得新鲜和欣喜。夏先生邀请我的父母也参加我的分享会，他们却委婉地拒绝了，我知道他们在人多的时候会羞涩。

本来打算陪着他们逛苏州园林的，可是分享会结束后有许多当地的好友找我拍工笔画的照片，只好作罢。在苏州待的一周时间，我每天都在努力拍照，有时候一天连拍三个客户，累得全身无力。父母心疼我，有时也会帮我举反光板，拿道具，俨然已经是专业的摄影助理了。

今春，侥幸没有客居他乡，也不曾颠沛在那未知的远方，身心俱在家中。绿野润沾三月雨，空气里都是南方细雨的湿润气息，揉着油菜花的清香。

我的早晨是彩色的。

每日清晨起来，父亲必定已熬好了粥，在每个碗里都放上一个山鸡蛋。每日熬不同的粥，白色的是银耳莲子粥，黑色的是黑米粥，红色的是红米大枣枸杞粥，黄色的是玉米花生粥，绿色的是绿豆粥。每日晚上他总会问我一声："明早想要什么颜色？"我只需答色彩父亲便心领神会。

父亲深知写作是脑力活，需要补充各种营养，每日三餐便变着花样儿地给我烹饪色香味俱全的菜肴。父亲做的红烧全鱼是我的最爱，每每有好友来访，父母总会盛情款待，这时父亲便做他的拿手好菜红烧全鱼。很久之后，父亲的厨艺还会令友人念念不忘。

菜园是父亲的另一个宝贝。我们每天吃的蔬菜都是父亲在园子里种的，新鲜自然无农药，吃着总有一股别样的清甜。春天，菜园子里春意盎然，绿油油的一大片，煞是好看，白菜、莴笋、大蒜、芹菜……在父亲的悉心照料下长势甚好。园子里有三棵大樟树，已经有三层楼那般高了。每天读书写文乏了，站在阳台上望望那一园子的翠绿，闻闻樟树叶那沁人心脾的香味，整个人就会神清气爽起来。

自从我回来以后，整个二楼成了我的天下。客厅里堆满了我的书，合着卧室一起，好大的书架！他们怕干扰我写文，便在一楼看电视，如此我更是如入无人之境，整日在二楼如饥似渴地阅读写作，他们甚少上楼，来了也是给我送茶和削好的水果。

我也极少下楼。除了吃饭时间，大多时候我都是待在书房里埋头工作。有时候吃饭时还沉浸在书本里出不来，眼神痴痴的，那是我还在自我的世界里神游着呢。这时我往往不多言，来了朋友也少言语，我是知道自己这个弊病的，写得多了，语言功能退化。以前有长辈说我是内秀之人，静心在家写文或许是我最好的选择。

母亲有时会急，怕我是书呆子，不会与人交流了。

于是天一晴，母亲就会带我去山野沐浴阳光，接近大自然，看春花听流水观远山。这时候我便显现出了活泼的那一面，在山野间奔跑，脸上的笑意如山风。

我们还有个固定节目。晚饭过后，一家人就会去离家不远的小学操场打羽毛球。一边打球一边与父母谈天说地。运动让人快乐，尤其是与家人一起运动，更是一种珍贵的陪伴。我与父亲打球时，母亲在旁边欢欣雀跃，笑得像个孩子。

他们对生活的那种积极热爱，始终感染着我，让我永远心存爱与希望。

父母早已退休，我在楼上读书，他们在楼下读书。小时候，是父亲给我买书看，如今，只要是他喜欢的书，不管再贵，我都会买回来送给他。这是我能给他的最珍贵的礼物。

闲来无事，我会把时兴的书拿给他们看，由此他们知道了“斜杠青年”“多元化人生”这些新名词。刚回镇上的时候，亲朋好友都劝母亲给我找个稳定工作，母亲也曾动过给我找工作的心思，可是当她读了这些时兴的书，了解了这个时代发展的新方向后，又看到我写的文章被越来越多的自媒体转载，被越来越多的人喜欢，反倒支持我当一名自由职业者了。父亲也连带着受她思想的感化，理解并尊重我的选择。

每次我在公众号发表文章，他们总会第一时间去看，不仅看我写的，还会认真阅读朋友们给我的留言。读到大家对我的鼓励，他们总会很欢喜。十几年前，他们是我唯一的“粉丝”，十几年后，我拥有了成千上万的读者朋友，而他们是当之无愧的“铁杆粉丝”。我的每一次进步、每一次突破都会牵动他们的心。

可不管我有怎样的成就，我仍然是那个最需要他们疼爱和庇佑的小女孩。有时我正在电脑前写文章，母亲偶尔还会在给我递冰糖梨子粥的时候亲一下我的额头。我每每取得一点成绩，母亲就会笑盈盈地来到我面前，要给我击掌鼓励，这是她表达自己深爱女儿的一种方式。

我不知这次会在家停留多久，也无法预知往后究竟会何去何从，好似女人有了爱人，才算真正有了一生的归属，而我早已在年少时就将读书写作当成了我灵魂的皈依。读万卷书，行万里路，孜孜以求，不畏路途崎岖。若无人懂我这份执着，我宁可孤单一人，而我始终深信，终会有一个懂我的人出现替他们来爱我。

小镇的这个温情的家是父母为我打造的伊甸园，他们说过，在外奔波累了，就回家吧。有了他们爱的滋养，我才不是插在瓶中等待凋谢的玫瑰，而是扎根在土里的栀子树，年年岁岁的花落花开，永远不会停下对绽放的渴望。

若不是今生拥有这样知书达理的父母，我不可能过上这理想的生活。父母给予儿女最大的财富并不是物质上的无忧无虑，而是心灵上的自由自在。他们从不会逼我做不喜欢的事情，而是愿意倾听我内心的声音，无条件地支持我的梦想，让我能活成自己最想要的模样。

亲爱的父亲母亲，我爱你们，如果有一天我有了儿女，我也会用你们爱我的方式去深爱他们。

如果有下辈子，愿你们还是我最亲最爱的父亲、母亲。

那个永远在等我回家的人

守护神

清晨，我像往常一样翻开日记本，准备写下昨日去台北火车站接友人一事。写着写着，忽而想起了父亲，想起不管自己在怎样的年岁，处于怎样的人生状态，都是他在路口等着我，接我回家。想到那些温馨的画面，我的眼泪便再也止不住了。

小学六年级的时候，为了有更多的时间准备升学考试，学校给我们安排了晚自习，也是从那时候开始，父亲每天晚上就在街角的路口等我回家。

我的家在小镇僻静的一处，房屋附近都是水田、草坪、菜地，拐过街角，要走一段小路才能回到家。路上有坟冢，晚上的这一段路，没有路灯，只有从路边人家屋里透出的光获取一丝明亮。夏天，路边草丛还会有小青蛇急速地滑过。附近这一带还有一所中学，夜沉下来后，一些不学无术的学生就会在路上聚集，他们抽烟、喝酒，斗殴也是常有的事情。这一段路，对于一个小女孩来说，充满了恐惧与担忧，可是只要父亲在，有一个如同大山一样的亲人守护在我身边，我就会感到很安心。

父亲握着手电筒，橘色的光束照着我们脚下的路。那时候的我，两只小手要一直挽着父亲的胳膊，然后向他说着学校里发生的有趣的事情。他总会被逗得哈哈大笑。黑夜中这条小路因为父亲的守护而变得不再令人恐惧，反而处处充满了温馨的回忆。

从我六年级开始，父亲每天在那个路口接我回家，日复一日，年复一年，不管是酷暑还是寒冬，从未间断过。

照亮回家的路途

初三那年，正值我的青春叛逆期，我成了小时候自己最惧怕的那种学生。

英语课总是看着窗外发呆，生物课就埋头写文字，同桌生病请假，我把她的凳子和自己的凳子拼起来，上数学课就躺在上面睡觉，摆在课桌上的数学试卷，分数永远都是个位数。那个时候的我既自卑又叛逆，逃课上网、抽烟、打架、拉帮结派，给班主任打骚扰电话，把老师自行车的气放掉，做着叛逆期很多人都会做却又让人深恶痛绝的事。我还清晰地记得，有一次班主任被惹急了，他把我的桌椅搬到了办公室，意思是不让我读书了。那一天我一个人躺在升旗台下面的草丛里，想着自己暗淡的未来便哭出了声。

我在想，其实我并不坏，我会在数学老师生病的时候，在作业本里夹着祝他早日康复的纸条；我会趁班主任上课时把他凌乱的桌面整理得整整齐齐；我会在全年级的模拟考试中语文考第一名；我会写很长很动人的情诗。可是，这些都无法填补青春年少中所有的黑洞。

记得那一年家长会，父亲坐在整个教室的最后一排，班主任公开批评了我，我在教室外面的角落偷偷望着父亲，他一脸的失望与痛心，让我止不住地颤抖。

父亲没有因为我的劣迹斑斑而恼羞成怒，每个晚上的九点，他依然会站在那个熟悉的路口不断地张望我会出现的方向，从没有半点怨言。走在那条熟悉的路上，我不再像以前那样挽着他的手臂，总觉得我们之间有了莫大的鸿沟。父亲有时沉默，有时说许多大道理规劝我走上正道。我总是把下巴埋在衣领中，久久不愿说话。

我知道我的心其实是向善向阳的，只是我把自己搁置在黑暗里太久了，不知道怎么走出来。而父亲那盏照亮我回家的灯一直都在，时刻照着我，温暖着我，让我在绝望中依旧渴望找到人生中的一线希望。

为了女儿，我愿意

高一那年，我开始作为一名美术特长生去学画画。老师说，只要你努力把画学好，以后就可以考上一所好大学。

人生中第一次，我知道用“拼命”二字来实现心中的梦想。

我成了画室里最努力的学生，每一天都会比别人付出更多的时间与精力。高中那三年，我的生活只有两个字——画画。别的学生有周末，有午休，有节假日，在我的世界里，所有的时间都只用来做这件事。因为我知道，我的未来或许会因自己的这份拼命而有所改变。

高三联考前，晚自习之后，我还会去画室继续画画，画到接近凌晨。父亲支持我的梦想，他每晚都会骑着那辆老旧的自行车来学校接我回家。每次从画室走出来时我已疲惫不堪，但是只要见到这个最熟悉的亲人，我的心里就有了满满的动力与希望。我能感觉到那时候的父亲充满了欣慰，欣慰中带着心疼。

某个寒冷的冬夜，雨下得很大，他依然在夜深人静的时候来等我，然后载我回家。因为风雨的阻挡，他骑得很慢很费力。我躲在他的后面，脸靠着他的后背，心里觉得，再大的风雨，只要有父亲在，我都不害怕。下了自行车我才发现，父亲的衣服都湿透了，我心疼地问他，冷吗？他毫不犹豫地回答：为了女儿我什么都愿意。

这样一句话，让我每每想起来都会落下眼泪。

从六年级一直到高三毕业，整整七年的时间，父亲风雨无阻、不间断来接我回家。有时候我因为一些事情而耽误了回家的时间，他便在路口默默等上几个小时，眼里满是焦灼。当我出现在他面前时，他却连一句责备的话都没有。冬天的时候，他会穿着补丁的棉大衣，戴着过时的棉帽，双手插在厚厚的衣袖里，眼睛望着我会出现的方向。初中的时候不懂事，有时还会觉得父亲穿得太寒碜，不想让我的同学见到他。后来懂事了，便觉得那是自己一生中最无价的珍宝，是多少钱、多少华服也换不来的幸福。

有时我会想，七年的等候，他是否也曾因为酷暑而觉得难耐？他是否也曾因为风雨交加而全身发抖？他是否也曾因为等不到女儿而望眼欲穿？他是否也曾因为身体的不适而躲在角落里咳嗽？

这些他怎会没有经历过？可他是一个女儿的父亲，所以他永远保持着一个大山的形象守护着我一路成长，守护着我一次次穿过风雨，走向那个充满温馨的家。

永远的心肝宝贝

18岁那年，我如愿考上四川的一所大学。我是那个普通班里唯一一个考上二本院校的应届生。这是我人生中一个很重要的转折点，我知道我是用自己的勤奋换回的。我原本平庸的生命从此获得了新生。

大学那四年，我参加各种比赛、活动、竞选，彻底从一只毛毛虫蜕变成了快乐的蝴蝶。画画时所培养起来的勤奋特质帮助我收获了很多的荣耀与掌声。我与父亲保持着书信的来往，他会在信中写许多人生哲思，指引我的方向，亦会在信中关心我的饮食、睡眠质量以及身体的健康。每次收到父亲的信，心里就会升腾起一股无坚不摧的力量。

读大学后，只有寒暑假才能回家陪伴父母，一年两次。每次从四川回湖南，都要搭乘火车，到达吉首市后再转乘汽车回家。父亲每次都会来小镇的汽车站接我，每当汽车快要停靠车站时，我都能透过车窗看见那个站在不远处的熟悉的身影——我的父亲。他依然推着那辆老旧的自行车，把笨重的行李箱放在后座上，我们并排走回家。回到家后，他总会烹饪红烧鱼给我接风洗尘。他知道，这是我最爱吃的一道菜。

后来，我去了西安一所省重点大学读研，又去到台湾的中国文化大学研修，如同风筝一样，离家越来越远。可是不管我从哪儿回来，都会有父亲在等待我，在期待着在外辛苦求学的女儿回来感受家的温暖。

直到有一次父亲来车站接我，我突然诧异地发现，他有了白发，脸上布满沧桑，背也不再像以前那样挺拔了，父亲真的已经老了。我的心一阵刺痛，我多希望这个一直在接我回家的人，会一直都在。

如今的我，不再是当初那个自卑叛逆的女孩，我不仅考上了大学还通过努力考上了研究生，我用自己的奋斗史带给更多同龄人正能量。可是我渐渐懂得了，不管我的文字有多少人喜欢，不管我的才华有多少人欣赏，不管我在人前有多么闪耀，在他的眼里，我永远都是那个需要他这座大山庇佑的女儿，都是他心心念念盼着快些回家的心肝宝贝呀！

这一刻，我好想回家。

因为我知道，他会来接我。

恩师雪小禅

初夏。

有鸟雀在院子里的香樟树上鸣啭，风一打转，这声音便清亮许多。我在书房里捧读雪小禅老师的新书，《惜君如常》。读着读着，眼里不自知地就噙满了泪。这会儿，只知是睹物会思人，我竟是读书思人了。读的是文字，思的是亲人小禅。

跟着雪老师已有八年之久。

八年前，我只是她几百万粉丝中渺小的一粒，八年之后，我成了她的公众号主编、御用设计师、御用摄影师，彼此于彼此都是十分亲近的人。有时候，会有一些恍惚，这样一个微小的我，何德何能有幸做了雪老师的学生？

八年，我是先遇着了她的文字，然后遇着了她的人，一字一句，朴雅的真切，人是真切的朴雅。她的文与人像极了天地间的一树梨花，开得清澈，开得安宁，有着最干净透亮的精神质地，这股子能量在潜移默化中震慑着我的心。我是因着她，视野才得以拓宽，心性才得以打开，万象生活开始排山倒海。

你来了，便是春天

初遇老师的文字，在2010年。那时，我在川东一所大学读大二，爱书如命，每个周末都会去新华书店。天晴好的那天，偶遇雪老师的散文随笔集《刹那记》，只是粗略翻阅，不晓便爱上了。

一切都是命中注定。相遇绝不是偶然的，因着这本书，我竟幸运地与她结下了一辈子的缘分。

从未有一位作家的文字让我如此疯狂。读后，如同中了蛊一般地深陷下去。我开始在网络上疯狂地搜索关于她的文字与信息，日日读。为了能给她留言，我注册了新浪微博。她的微博粉丝有几十万，能得到她的一句回复，该是多么异想天开的事情呀！

在我19岁生日那天，我在微博给她留言，奢望着能得到她的祝福。渺小如我，只能奢望。让我意想不到的是，她竟回复了！而且是一句非常美好的祝福语！那个生日，那句祝福，我都偷偷地珍藏在心里，永生不忘。

她在中国戏曲学院教书的那几年，时常有读者千里迢迢赶去听她的课。

2012年的3月，我第一次给她写信，一笔一画细细碎碎写了整整六张纸。

我在信中写道：

“小禅姐，喜欢您的文字已经有三年了，从大二开始一直到现在大四临近毕业。大学这几年，我看得最多的就是您的散文，我常常沉浸在其中，无法自持。走进您的文字世界，就像走进了一片开满红色杜鹃花的山谷，清幽境界中可寻得一种生的浓烈。

“人的一生真的很短，每一个成长阶段都会有不同的愿望，我愿自己能通过努力实现人生中不同阶段的不同梦想。执着与抗压能力是一个成功者必备的。您说爱情不需要智慧，反倒笨拙一点更好，更真。那么对于梦想，是不是也要笨拙一点才好呢？有时候一根筋走到底的人反而会有一番不一样的成就。

“小禅姐，我的梦想是读研，当老师，然后出书。若这一生能活得如您一般丰盛，那我也就不虚此生了……”

不知道寄向哪儿，就托北京的朋友去中国戏曲学院找她，事先打听好了她上课的时间与地点，朋友便将我的信亲手递给了她。当天晚上，她带着我的朋友去了她下榻的酒店。我给朋友打电话，她就在身边，令我意想不到的是，她竟愿意与我通话。听到声音的那一刻，我的心狂跳不已，比听到梦中情人的声音还要激动。雪老师在电话中鼓励我要努力考研，她的声音，似乎还有着回响一样，温柔中带着温暖，让当时正在辛苦备考的我获得了十二万分的信心。

考研复试结束当天，得知她在天津有新书签售会，我便果断退了从西安返四川的火车票，买了去天津的火车票。

我要见她！

这个念头在心里盘旋了很久，那一刻，迫不及待穿心而出。

见到了！觉得她比想象中还要美，高高瘦瘦，皮肤白皙，留着过耳短发，一袭白衬衣背带裤，还戴着一只怀表，眉目间是女子少有的英气。她周身有一种气场，一种让人想亲近却又不禁生畏的气场。亲近的是她月华一般的脸，那上面总是泛着和煦的光，敬畏的是她学养深厚，著作颇丰，让人刚一碰触到她如炬般的眼神就生出了敬畏。

签售环节，我走到她跟前，颤抖着声音说："小禅老师，我是吧啦。"

她记得我。

她站起来给了我一个拥抱，然后在书的扉页上写下："吧啦，你来

了，便是春天。”

因为爱她

缘分一旦开始，便一发不可收拾。

读研那几年我常坐火车去听她的讲座。

旅行时总不忘给她寄一些当地的特产。

参加作家的新书签售会，想着她会喜欢，总会让作家给她也签一本，再寄到她的住处。

她出了新书，我会第一时间买回来阅读，一字一句，细细品读，几乎废寝忘食，那本书就是我的精神食粮。

我的研究生毕业论文与毕业设计都是关于她的内容。我收集了她已出版的五十几本书，一本本看下来，一边读一边细致地做笔记。最后写下了几万字的论文。

毕业设计是给雪老师设计一套视觉形象识别系统，从标志开始，到设计明信片、书签、信纸、信封、名片、毛笔、茶叶包装、茶壶茶杯、衣服、布包……还设计主编了她的公众号“雪小禅”，为了与她的另一个公众号区分开来，我主推“雪小禅最美微刊”，用图文并茂的形式去呈现她独特的生活方式。

毕业设计展览的那一天，几米宽的展区摆满了我为她设计的物品。展览结束后，我把这些专属物件放在行李箱里，坐火车送到她家。

当我把这些独属于她的雪氏物件一件件取出给她看时，她的眼里已经泪盈盈。

她给了我一个拥抱，我忘不了的一个很大很温暖的拥抱。

会痛的不是爱，那些能让人心生温暖、平静、沉下心来的爱才愈显珍贵。因为爱她，这些用心用情设计出来的小禅物品，充满了湿漉漉又绵软软的安稳气。

这些年我阅读的品位很大程度上受着她的影响。她在书里提到过的作家与书籍，我都会买来读。后来有机会去雪老师家中拜访，最爱做的事情就是帮她整理书。她的藏书上万册，种类繁多，我是在整理的过程中知道了木心、蒋勋、王安忆……后来这些作家的书也出现在我的书柜里。她说过，没有读过一万本书，不要想当作家！

有一回她来终南山修养，我去山中陪她，在终南山的禅园，她与我讲起王世襄、张伯驹、沈从文、钱钟书。她说，热爱文学的话，应细读钱钟书的《管锥篇》。山中夜色多寂静，她的声音轻微，可是句句在我心里，犹如洪钟。

精神明亮的写作者

雪小禅，我的恩师，是一位精神明亮的写作者。

写作三十余年，出版书籍五十余本，获老舍散文奖，孙犁文学奖。尽管如此，她却从未停止过写作，这条路，她是准备走一辈子的。

二十年前，是雪小禅文学之路的起始阶段——“心灵美文”。那时候，《读者》杂志几乎每一期都会刊登她的文章，许多“禅迷”就是从那个时候开始迷上了她的文字，从此再也无法割舍。

雪老师从2006年开始以写青春疼痛爱情小说为主，这是她文学之路上的第二个阶段——“青春文学”。这个阶段出版了《无爱不欢》《刺青》《爱，青春》等长篇小说。在雪老师看来，作家对痛苦的敏锐程度，以及对生活细节的关照，一定比别人多。

2011年至今是她文学之路的第三个阶段——“文化随笔”。这一阶段以散文随笔为主。从青春文学翘楚到知性文化学者，她的内心愈发从容，文字有了独特的骨力，有了专属于自己的风貌。2012年出版的散文集《那莲 那禅 那光阴》是她向文化随笔转型的代表作，书中记下了她对书画、茶道、戏曲等文化艺术的热爱。

“文字要成长，要有力量。不能让文字停留在某个高点，永远让光环照着自己，而是要去探寻新的高度。”一路在成长的文字是她，一直握紧力量的前行，也是她。

她的文字是有“颜色气味”的，读一行便能闻到。“苍绿”、“薄凉”、“繁花不惊”……这些字在她的文章里如音符般跳跃着。汪曾祺说：“探索一个作者的气质、他的思想，必须由语言入手，并始终浸在作者的语言里。”雪老师的语言风格有着自己的独特韵致，许多读者说，读几行字，就会知道是雪小禅的味道。她的雪式风格语言，是禅香，让人不知不觉上瘾。

雪老师的文学素养，无一不在作品中。许多写作者写关于传统书画的文章，总是存在如好事者鄙夷的“天下文章一大抄，这些观点在网上一查，复制粘贴便成了自己的新文”的现象，而雪老师是真正心有鸿蒙天地的人，对古代的画家和绘画作品如数家珍，对他们的评价更是一针见血。

有一年，我陪雪老师在西安交大做一场讲座，讲座前她去校内的文艺馆参观，文艺馆的孙老师接待了我们。我们看了许多高仿的书画珍品，孙老师耐心讲解着每一幅书画作品，小禅老师在与孙老师的交谈中，表达了自己对这些书画作品的独到见解。她思维开阔，观点独特，引经据典，让孙老师佩服不已。孙老师感慨：“我们这里也经常有老师来参观，但像您这样懂书画的人还真没有。”

她淡然答道："有些人说我是一个作家，我更愿意当一个会生活懂艺术的这么一个欣赏者。这个更重要，也更幸福。"小禅老师的内核和文化底蕴可见一斑，她有一个富足于常人的精神世界。

从前，她的读者大多是青少年，他们都说是在《读者》《青年文摘》上看着她的青春文学长大的，雪老师的文字曾照亮了他们的青春。

现在，她的读者大多是中年人，他们说，读了雪老师的《惜君如常》，懂得了生活的大美，雪老师的文字陪伴着他们步入体面的老年。

雪老师每年都会去上海好多次，她喜欢老上海的荼蘼气息，她早年写的小说《长恨歌》里都是上海的风情与妖娆，看得人心神摇曳。每次去上海都会去静安寺常德路195号，她是能见着张爱玲的。

一次上海的禅园雅集，活动结束后，我陪着她去了张爱玲的故居。她站在常德公寓的大门前，那个短发、瘦高的身影深深地印在我的脑海里，如果细看，她眼神里的寂寥被傍晚的风吹得无限膨胀。我拿着相机站在不远处，为雪老师和张爱玲拍照，那一刻，我是知晓的，她把张爱玲藏在骨血里。

后来我们去张爱玲咖啡馆，点了果汁。

两杯。

一杯放在雪老师面前，一杯放在对面，对面的杯子旁立着张爱玲的照片。她们隔空举杯，知己与知己重逢，注定是轰轰烈烈又不动声色的。

雪老师早年的着装也受张爱玲的影响，款式多为长袍，她人长得高挑，走起路来，袍子都会生风。颜色也很鲜艳，多为明黄、宝蓝、大红，艳丽到惊心。那种色彩给人的感觉，胡兰成为张爱玲家中陈设形容过：一种现代的新鲜明亮几乎是带刺激性。

张爱玲戴嫩黄边框的眼镜，她有一副边框眼镜也是这样明亮的色彩。她们有着相近的高，相似的瘦，相同的孤冷气质，我总能在她的内里找到张爱玲的影子。

如今的她，穿衣服只热衷于黑白灰，越素简越好，以前那些花花绿绿的衣裳都压了箱底，穿在身上的即是生活删繁就简的衣裳。她不在乎物质上的享乐，一双48元的球鞋她穿着去了许多城市做讲座。身边的女人背着奢侈包，穿着皮草，她马上就要在心里换算，这几万元可以让她买多少个坛坛罐罐……心疼到不行。

她坚守的是精神上有力量、有人格、有魅力，尽管她穿得再朴素，站在人群中一样有光。

她说："年龄和审美紧紧相连——我少年时喜欢的狂放与花红柳绿已经悄然淡出视线，那些张力极强却使轻缓的、温润的东西更加如化骨绵掌。"

这种寻找的过程好似她喝茶，早年喝绿茶，现在爱普洱。

又好似她的写作历程。早些年写青春文学，现在只写传统文化的大随笔。

此刻，她的心里是八大山人极简主义的水墨画，不多一笔。

她一直都在行走。读万卷书，行万里路，是她的人生状态。

每一年有一半的时间一个人在家种植物、写字、画画、临古帖、听老戏、品老茶，养着一只孤独的黑猫。读书，与书中古人对话，心早已走遍了古今的万水千山。

还有一半的时间都在路上，去了大半个中国，也去了土耳其、日本、法国、越南……去哪里不重要，在路上最重要。

雪老师是一名修养很深的写作者，写文章极为讲究，贾平凹先生见了她的书，也连声称赞她是文字的精灵。在她看来，只有先成为一个大杂家，广泛涉猎，写出来的文章才有厚度与深度。她从不把自己局限于文学这一个范畴，她敬佩的是像李叔同这样的艺术大家，绘画、音乐、文学、戏剧都研究得深入。

她愿此生书香为伴、字为舟船、戏为知己、茶为魂伴、花草为媒……自渡彼岸。

东方生活美学家

雪小禅老师每年都会有很多场大学校园的讲座，她特别喜欢大学生的少年气，他们像一棵棵站在阳光下的小白杨。讲座总是场场爆满，许多学生都是她多年的读者，她不离，他们不弃。还有众多读者千里迢迢从远方赶火车、高铁、飞机来参加她的讲座，见着她本人的时候，都忍不住热泪盈眶。她总会深情对待每一个深爱她的读者，给那些远道而来的朋友们送上温暖的拥抱。

也许你从文字里看到一个沉静的雪老师，却不知现实中的她是极

为幽默风趣的。这份幽默源自她对生活的热爱，对世事的达观，还有心中的大智慧。按她自己的话说，她是一个特别好玩的人。特别是在讲座中，她总能用自己诙谐的话语引得大家哈哈大笑，她也会跟着大家乐呵得直不起腰。

雪老师的讲座内容丰富细腻。她会与读者们分享她对生活的爱、对艺术的爱、对坛坛罐罐的爱，也会讲那些人与人之间的珍贵记忆，动情处亦会止不住地哭，现场的听众也跟着掉眼泪。讲座中讲得最多的内容是戏曲，她总会尽自己的力量在大学校园里推广戏曲文化。她与同学们分享自己与戏曲的缘分、戏曲中的爱恨情仇、戏里戏外的跌宕人生，她也会邀请当地的一些戏曲演员表演戏曲节目，让大学生们切身感受到戏曲深深的魅力。

是的，她爱戏曲爱得深沉，早期写的爱情小说里都可见着戏曲的影子，近几年写文化随笔，更是毫不吝啬大篇幅来写自己热爱的戏曲。在中国戏曲学院教过四年的戏曲文学，亲随艺术大家裴艳玲先生，写了《裴艳玲传》；在山西卫视《伶人王中王》节目当嘉宾评委。每一件都见证了她与戏曲知己般的深情。

因着这缘分，每每说到当代年轻人对戏曲的无知，她都会感到很痛心。一次她在一所大学讲座，场面很大，整个大厅坐了五千名学生，她问："有谁知道裴艳玲吗？知道的同学请举手。"结果黑压压的一片里只有一个学生举了手，这个学生站起来说，自己知道裴艳玲，是因为刚刚读了雪小禅老师的书《裴艳玲传》。

那一刻，她的眼睛满是灰暗。她痛心这么好的戏曲，这么优秀的戏曲大师，在大学生中却无人知晓。可越是如此，她越想要通过自己的力量去影响更多的年轻人恋上戏曲，爱上戏曲。

雪老师曾说，她对戏曲一知半解，是外行，但她对戏曲有人世间的悲悯与大深情，和别人不了解的慈悲。她愿为戏曲续命，尽她的绵薄之力。

除了戏曲，她的书法也颇有一番功力。有人夸她书法写得老到，她说那是因为她有童子功呢。年少的时候她就开始习书法了，少时并不觉得写书法有什么好，如今三十年过去了，人至中年，越发觉得写字是个好东西，字如人生啊！从而更加沉迷于毛笔的一笔一画中。

她写字用的宣纸也是极为讲究的，洒金的宣纸她不要，觉得俗气，得是那种素朴的、仿古色的、轻薄的宣纸才好。

她也画画，画的水墨画里嵌着西洋画的风情，画的油画里又藏着中国画的孤冷与留白。她的骨子里是东西合璧的，去伪存真，存的都是文化里的精髓，她对艺术的须子比常人都要长许多倍。

因为常年对着电脑写作，写了几十本书，雪老师患上了干眼症，刚开始她也很焦虑，因为她不能再在电脑上写作了。后来，她反倒觉得这种“慢下来”拯救了她，开始静下心来用毛笔在宣纸上写文章。不看电视，很少用手机，她有了更多思考的时间。

她这几年出的散文随笔集《繁花不惊 银碗盛雪》《在薄情的世界里深情地活着》《惜君如常》，几十万字的书稿都是她一笔一画用毛笔写在宣纸上，再让助理敲在电脑里的。

常年高强度的写作不仅损害了她的眼睛，也伤了她的腰椎。坐久了就会钻心地痛。在追求艺术理想的路上，总会付出代价，可她从未有过一句抱怨或诉苦。

五年之后，她的干眼症自愈了，她不再怕任何的强光。但是她依然坚持不看电视，用毛笔写文，有时候宁愿一个人在禅园对着一屋子坛坛罐罐说话，也不愿意去应酬，与不相干的人消耗时间。她活得越来越像一个古人，朋友问她为什么不学开车，她笑而不答，其实，她是学过车的，只是真的怕刺眼的强光，渐渐就放弃了。她喜欢骑自行车，就像是从风中穿过的人。

她愿意做那个时代的逆行者，坚持自己的精神强度，追求东方生活美学的调性，活出“雪小禅”的生活方式。她越来越真，越来越素。一个人，光芒万丈。

在这个薄情的世界里深情地活着

我们有一个微信群叫作“一辈子的最美微刊”，只有雪老师、我、宋骄阳三个人，我是微刊的主编，骄阳是副主编。

骄阳是一个极有灵气的姑娘，1995年出生的小女孩，却早已有了一个老灵魂，写出的文字灵气逼人。我与雪老师都对她有说不完的爱。

我们成立了“微刊小虎队”，雪老师是乖乖虎，骄阳是壁虎，我是胖虎。我们时常在这个小群里沟通微刊的相关事宜，重大事情三个人在群里开微刊常委会，除此之外，我们还会在小群里玩闹、分享好听的歌曲或者说一些体己的话。

雪老师曾说过：“我有一个梦想，到老这个小虎队还在，你们还叫我乖乖虎。”她有时候会像个孩子一样向我和壁虎撒娇卖萌，我们都愿意宠溺她。

微刊坚持发布雪老师写的跟书法、绘画、戏曲等传统文化相关的文章，每一期的微刊我们都做得非常用心，从选文、录音、配图，到插图设计、排版都是细致入微，精益求精。我们微刊的读者越来越多，并且得到了饶雪漫、齐秦等名人的肯定与转发。在鸡汤文盛行的当下，雪老师叮嘱我们："一定要坚持我们微刊自己的调性，最好的总是最孤独。我们是做给五十年后的人看的。"

我们曾在北京颐小馆拉钩盖印，做一辈子的"雪小禅最美微刊"。雪老师写到老，我们做到老。

"雪小禅最美微刊"第一百九十五期发布了她的文章《锁麟囊》。这是雪老师用心血、用灵魂写下的文字。有风骨、有格调、有深度，她是一位真性情的写作者。

发布的那个晚上，雪老师在我们的小群里哭了，她哽咽着说："这是我写得最好的《锁麟囊》。收余恨，免娇嗔，且自新，改性情，休恋逝水，早悟兰因。人至中年再写，千帆过尽。吧啦，骄阳，等你们40岁时，我给你们唱《锁麟囊》！"

我与骄阳都尚且年轻，人生中未曾经历过大风大浪，无法深刻理解这其中至情至真的深意，也无法深刻感受雪老师为何会流泪。我们能做的，就是把雪老师写的《锁麟囊》读了一遍又一遍，百感交集。想为雪老师擦干泪水，却只恨那一刻相隔万里。

去年的9月21日，我和骄阳特意收集了许多朋友祝福雪老师的语音与文字，编辑成了一期特刊在当晚发布。发布当天，雪老师刚做完一场活

(3)

动，在机场候机。她点开那期带着大家深深祝福的微刊，听到那些熟悉的温暖的声音，一个人躲在机场的角落里哭成了泪人。

她是一个真性情的人，别人对她的好，她从不会忘记。

几十年来读者写给她的信，她都珍藏着。家中朋友送的物品，她永远都说得出赠送者。她的眼中常含泪水，因为她总是以一颗博爱、悲悯、仁爱、感恩的心去面对这个世界。哪怕这个世界并不完美，还有诋毁、伤害、背叛、别离，她自始至终对这个世界饱含深情，就如同她一本书的书名一样，在这个薄情的世界里深情地活着。

生活的审美从来都是她的最高梦想

去年夏末，我和骄阳去禅园看望我们的“乖乖虎”。

雪老师的家是她亲自设计的，她用老榆木门板当地板，书柜也是用这老榆木做的。家中遍地都是她从各地捡回来的坛子罐子。她着迷于那种老旧的、有纹理的、风化残缺的、朴素天真的东西。除了坛坛罐罐还有明式家具、藏式家具、青海家具、山西柜子、废弃的青砖、木筐、竹编篮子……在禅园，随处都能见到光阴的痕迹。这些生活的审美从来都是她的最高梦想。

雪老师清晨五点起来为我们做早餐，放上绿豆、薏米、生米入锅，就爬上天台与棉花团儿缠绵。天台种了茄子和小辣椒，日日都能吃上一些自己亲手种植的蔬菜。

从天台下来，她会与满屋子的草木对话，竹、菖蒲、玫瑰、百合、木槿、石斛、香槟、绿萝、鸡蛋花……对花草进行修剪、浇水，让清澈的气息更为动人。这些花草都种在她的坛坛罐罐中，老旧植新绿，这才是生活艺术。

她会一边做着早餐，一边唱戏曲。等我们起来的时候，饭桌上早已准备好了满满一桌子的早餐。咸鸭蛋、粥、油条、油饼、释迦，盛食物的器皿也是小禅老师从全国各地背回来的。器皿是生命，有温度、有气场，很多孤独的时候，它们会是最温暖的陪伴。多数时候小禅老师在写作，那些看起来笨拙的、粗糙的、充满野性的坛坛罐罐，就静静地与之相偎依。

小禅老师在文字里一直想传递给读者的是，日常的才是最动人的。在真实的生活中她确实是亲力亲为，热爱一粥一蔬。她说这几天给我们当厨娘，我们提着布袋陪着她去买菜。她是热爱生活的作家，喜欢穿梭于市井。菜市场永远是最接地气的能量场，朴素、粗糙、动人、别致。生活不是诗与远方，而是脚踏实地地过好每一天。

爱厨房的女人保持着不可磨灭的性感，食物和器物不仅是陪伴更是生活的审美。柴米油盐酱醋茶，直指生活的本质和内心。“酌量”、“少许”是中国菜的大哲学。美厨娘爱生活，所以日常动人。中午她做了红烧排骨，因厨艺了得，我们经不住诱惑一人吃了一斤。吃完之后乖乖虎负责扫地，壁虎负责洗碗，胖虎只要负责文艺照片的拍摄。饭后煮茶看天空、吹风，一曲《白蛇传》，就一口老白茶。

小禅老师是碗控、罐子控、单车控、辣椒控、饺子控、少年控，总之，她在生活中是一个顶好玩的人。她总说，写作与生活相比，她更热爱生活。

她喜欢有情怀、有腔调、有深情的人。她要么一个人在家与一屋子的植物聊天，要么约一些“90后”的小伙伴来家中包饺子吃。她不喜欢与大人玩，不喜欢成人的世界。

这两年，小禅老师迷上了手机摄影，她的艺术灵气彰显无疑。新书《惜君如常》里的插图都是她自己用手机拍摄的。这些照片大部分拍摄于她的禅园。看这些摄影作品，你一定会感叹，一个把生活过成诗的写作者，她拍出来的照片也会充满了东方生活的诗意美学。

摄影其实是用光影写诗，她懂得这个道理，所以你会看到她对光的敏感度。有了光的跳跃，作品就有了一种灵动之美，照片会说话了。

她的禅园就是一个最有意境的拍摄场地，不需要布景，只要她写作累了，取出手机随手一拍，都是一张绝美的照片。透明的瓶子插上一枝花，有一种清浅美。老旧的罐子与明亮的春花形成一种强烈的反差，带来一种视觉上的张力。美的器物让花生艳，让人生羡。

我时常觉着雪小禅老师是个多维度的人。她有着北方女子的直率爽朗，亦有着南方女子的灵动羞涩；她会听中国古老的戏曲，亦会听外国的交响乐；她爱极了八大山人孤绝的水墨画，亦会在达利的画前想要与之私奔；她对中国古典名著如数家珍，亦对外国文学如饥似渴；她穿

一袭青灰色的棉麻衣裳站在苏州老街上，见着她的人都说朴素优雅，她亦会穿着黑色丝袜，戴着贝雷帽站在上海外滩上，见着她的人都说性感摩登；她有着男人的坚毅果敢，亦有着女人的风情万种；她有时候把自己活成了一个孤独老人，一个月不出门，独自与一屋子的坛坛罐罐相伴，有时候她亦把自己活成了一个无邪孩童，对自然中的万物爱得赤诚欢喜，一树的梨花开都能让她欢欣雀跃；她时而理性，不愿写的人，哪怕对方名声显赫也不愿提笔为之写一句话，她时而感性，一个人若是在心性上打动了她，哪怕对方只是大街上摆地摊儿的无名之辈，她也愿意花大笔墨去写之记之。

雪老师的人格魅力绝不是一面，她有的时候80岁，有的时候18岁。也许她来到这个世界的时候就有80岁了，等到她有一天满头银发的时候也许才18岁。她雌雄同体，南北皆宜，东西合璧，理性与感性同在。活得没有年龄，不问性别。这样的她更像一个神奇的魔方，随时带给人惊喜。

我是你的照相馆，一辈子给你拍照片

我拍过最多照片的人是她。拍了几年了，用过普通的单反入门级，用过非常棒的人像王镜头，也用手机拍。每一次我都会拍上千张，手中按下的快门无法停止。镜头里的她在变化着，从宝蓝、明黄的衣裳，到素朴的黑白灰。拿着相机的我也在变化着，从一个小丫头成长为一个大人。

刚开始学拍照时给她拍的照片都是大头照，完全不知道摄影的审美，雪老师也从未嫌弃过我的拍摄技术，总会认真准备拍摄的衣服与拍摄场景，面对我的镜头也十分认真，没有一丝敷衍。

直至后来我越拍越好，我知道了什么是留白，什么是意境，什么是东方美学，我拍她的照片得到了她的赞赏，得到了更多人的喜欢。

她总夸我有灵气，拍出了她想要的审美。

她大学讲座的海报照片多是我为她拍摄的，《繁花不惊 银碗盛雪》《在薄情的世界里深情地活着》这两本畅销书里的内文插图都是我去她家为她拍摄的，2017年她出版的新书《惜君如常》，封面工笔画照片与明信片照片也是我为她用心用情的拍摄。她见证了我在摄影艺术上的进步与成长。

爱她，就像爱着大自然里的一朵花，所以她在我镜头里呈现的是她最自然最动人的样子。她越来越返璞归真，内心干净，气场强大。

每次给雪姐姐拍照的时候，我都会说："真美""姐姐这样好美"。是真的很美。我们相约每一年都要为她拍几组照片，一直拍到老。

银碗盛雪

今年1月，我收集了雪老师这些年拍下的珍贵照片，她的青春、她的光阴、她的人生全部融合成一本水晶相册。相册中有一半照片是我一年年给她拍下的印记。

她收到相册后说："一个人坐在窗前，看着相思梅花，泪落如雨。谢谢你，亲爱的学生，八年追随，早已是亲人。"

我回复："我是你的照相馆，一辈子给你拍照片，冲洗照片。用我的方式去溺爱你。"

朋友说，如果你爱一个男人像爱你的雪老师一样，一定早嫁出去了。对男人，我的爱显得严肃吝啬，可是对她，我总是愿意去做一切我可以做的事情，哪怕花光所有力气。不是几天，几个月，也不是八年，是一辈子都还嫌不够的深情。

每一年我们都是要聚几回的，或是去她的禅园住几日，或是跟随她去各地办雅集，或是在她的大学讲座现场为她拍照。每每与她见面，心上都擎着十二万分的欢喜。

她对我总有一种疼惜之心。在我选择事业，选择伴侣，选择生活方式的时候，她都在最关键的时候给了我提示。去年，当我为着是否要辞去大学教师工作举棋不定时，她在电话那头坚定地对我说："吧啦，体制内的工作会束缚了你的艺术灵气，自由职业者会更适合你。"她的话语给了我很大的力量，次日我就交了辞职申请书。

此后，我离开古都西安，回到了湘西浦市古镇，成为了一名自由写作者，幸福着。

雪老师建议我应多写一些关于传统文化的文章，不要赶大时代“十万加”的时髦，我心怯，觉着自己还没有底气去驾驭传统文化，写了也不一定有读者看，我便继续写时兴的小文章，然则内心还是诚惶诚恐。有一天在电话中再次提到这件事时，雪老师却不批评我了，她说：“吧啦，我知道你的难处。现在的我已经有固定的读者群，但你不一样，你还年轻，写一些流行的文章也不要紧，你总得靠文字养活你自己的。”我听着这贴心的话，心中有无限的暖意。

2016年的冬天，雪老师在西安理工大学有一场讲座。我的父母也去参加了。活动结束的时候，读者们蜂拥上去找她签名，可她径直走到了我的父母面前，他们之前从未见过，我不知她如何认出他们的。她握着我母亲的手说：“吧啦是我的学生，也是我的女儿。”我在一旁听着，鼻子一阵发酸，心里是从未有过的幸福。

她也操心我的幸福，希望我能找到真正的归属。她说我的伴侣应比我大几岁，成熟稳重，格局大，有内涵，能在精神上懂得并支持我的写作梦想。她太懂我，我的忧伤，我的喜悦。她哪怕没有在我身边，也能感受到她就在我的前面走着。

她说，吧啦，等你结婚了，我一定要来当你婚礼的证婚人。

那一天，哪怕在脑海里幻想着，也会美好得让人落泪。

最好的陪伴，就是不离不弃

今春的一天，雪老师整理东西，无意间翻到了六年前我写给她的第一封信。我们都掉了眼泪。最好的陪伴，就是不离不弃。她是我人生中的大贵人，如果没有遇见她，就不会有现在的我。六年前，我大四在读，是她无数粉丝中的一个，信里认真地写下："小禅姐，我的梦想是读研、当老师、出书。"现在这些梦想真的都实现了。

人生中遇见一位疼惜自己的恩师是多么幸福的事情啊。

她从不吝啬对我的关爱、疼惜与鼓励，我人生中每一次大的转折都是她为我做指引，她也特别器重我，甚至对身边的好友说，我是她最出色的学生。

从未给别人新书写序的她第一次给我的短篇故事集《当茉遇见莉》写了推荐序，她在序中写道：

"如果说见证一个人的成长轨迹是荣幸，那么很荣幸，我见证了她一寸寸的成长轨迹。

"从一个稚气的小姑娘到下笔从容的写作者，从一个大学生到大学老师，从手机摄影到有独特品位的摄影师，从平凡女子到有生活品位的李菁……时光赠予她金线，织成了自己的梦想。上天太厚爱这个女子了——给了她美貌，又给了她才情。而且，年轻得像一株翠绿的小白杨。

"行走、读书、写作、摄影、设计，李菁每一项都是她这个年龄的佼佼者。重要的是，她始终保持着

低调谦逊的温度，那是个低姿态的温度，谦卑者的姿态。”

她去听了陈丹青先生的讲座，被陈先生对恩师木心的深情所打动，她说：“等我老了，希望你依然在身旁。”

我坚定地回复她：“我会一直都在，不离不弃。”

我们说好了，等她80岁满头银发的时候我还要为她拍照。那时候的

她站在樱花树下，满头银发，着旗袍，穿心爱的球鞋，站在我的面前，樱花瓣落在她的发上，肩膀上。她低着头，下巴微收，眼里看着落在身边的花瓣，细数光阴。

她依然是18岁时的天真模样。

我那时候也老了，穿着长裙半蹲在她的面前，举着相机，为她拍照。一边拍一边提着裙角，嘴里喃喃地说："姐姐，真美。姐姐，真美呢。"

李花缤纷枝头闹，雪绕枝头禅意生。

她是我的恩师雪小禅，这个世间独此一枝。

青葱岁月里的大海爸爸

念初一那年，我特别喜欢上政治课，因为教我们政治课的李老师不仅写得一手好字，而且与学生相处融洽，上的课一点都不枯燥，最关键的一点是，他特别重视我。

记得第一堂课，李老师请同学上讲台表演脸部表情“喜怒哀乐”，看谁最能完美演绎。曾有过演小品经验的我赶紧举手，李老师微笑着请我上台表演，我将这四个表情演绎得十分精彩，赢得了老师与同学们的阵阵掌声。也许就是从那堂课开始，李老师记住了这样一个剪着齐耳短发，活泼开朗并且求上进的女孩。

那时的我其实并不是个优秀的学生，我有着严重的偏科倾向，重文轻理。数理化科目的课堂上，我总是在课本的下面放一本小说，任老师在上面讲得口若悬河，我充耳不闻，沉醉在自己的文字世界里，自得其乐。可是每当上政治课，我总是把双手放在课桌上，端端正正地坐着，认认真真听李老师精彩绝伦的授课。政治课程原本晦涩生硬，但因着他妙趣横生的讲解，这门课变得有趣起来。

夏天的午后，蝉在校园里知了知了地鸣叫，搅得人心烦意乱。盛夏的燥热让人在听课时昏昏欲睡，个别不想学的同学干脆直接趴在桌子上睡着了。其实，我也犯困。但为了听李老师讲课，我振作精神，眼睛直直地盯着他。他虽已中年，却并未有让人生厌的大腹便便。偏瘦的身材，站在讲台上宛如一棵伫立在山巅的松树，腰板永远笔直，加之肩膀与常人相比稍宽些，所以整个人更显出了一种英姿飒爽。他长得并不帅，可是我觉着，他浑身上下都发着光，无时无刻不在吸引着我的目光。我能数得出他脸上有几颗痣，他笑起来的时候眼角有几条细纹。

我对政治课几乎着魔。

每次上政治课，我都是最积极的学生，故而他更为器重我。我每每在校园里碰到了他，都会欢天喜地问候道："李老师好！"他也回我一个灿烂的笑脸。如此平常的笑脸，对我而言却如春日里和煦的暖阳，缓缓抵达内心深处，激起层层不可抑止的欢喜。

初一期末考试，临考前我通宵达旦地背政治知识点，第二天考试简直比喝丝瓜汤还顺溜。结果也真是好，考了个满分。李老师在课堂上表扬了我，好似我从来都没让他失望过。

可是，我还是让他失望了。

初二的我因为严重偏科，已经没有考学的希望了。我与班里另外几名淘气的女生组成了一个帮派，逃课上网、打架、抽烟，无恶不作。青春期的叛逆是一方望不到尽头的沼泽，陷进去，就很难爬上来。我不知如何自救，只能让自己一点点地陷进迷茫的泥沼里。

我自暴自弃，可是每次上政治课的时候我依然会认真听课。这是我黑暗生活里唯一的一盏灯，我不想也不能将它熄灭了。

李老师了解到我的情况，连续几个晚自习把我叫到教室外面谈心。他希望我能改过自新，迷途知返。我心里渴望改变，可是我被自卑紧紧裹住，所以才破罐子破摔。那些个夜晚，他给我说道理的时候，看着暗夜中的校园，我只觉得，我的青春与这夜晚一样，有着深不见底的暗沉。

有时候与姐妹们走在校园里，碰见李老师，我再也不敢像当初那样自信满满地与他打招呼了。我把头低下来，假装没有看见，眼神里都是胆怯，心里全是灰。

初三那年，“五人帮”里两名姐妹退学了，这直接导致帮派解散，当时身边弥漫着的是中考的硝烟，我也被这中考大军推促着往前走。我何尝不想如身边的同学一样为了考学梦而奋斗，可是理科成绩一塌糊涂的我不知道如何改变自己的命运。

那一刻，谁都救不了我，只有那盏灯火，那盏挂在心头的灯，它盈盈照亮我往前奔跑的路。敬爱的李老师，我渴望得到您的鼓励，渴望在我快要掉入悬崖的时候，您能伸出那双大而有力的手救我一把。我不知如何发出我的呐喊，于是乎，我想到了一个最愚蠢的办法。

一周后的政治课模拟考试，我使了个小手段。我只做了选择题，后面的问答题全部都放空了。李老师看看手腕上的表，敲了敲我的桌子，示意我抓紧时间答题，我只是低头咬着笔头不动。是的，为了得到他的关注，我计划来一次考试失常。政治测试一向高分的我，突然考了低分，必定能引起他的关注。我盼着他批改完试卷后会来找我谈话。

那个傻女生，为了得到老师的关注，不惜做出这么蠢的举动。可是当时的我就是如此执着，想着只要他能给我一句鼓励的话，我就可以找到无穷的动力为前途拼搏一次。整个初中，只有他给过我信心、关怀与希望。在那一刻，能给我莫大精神动力的，也只有他。

两天后的中午，我正在走廊上晒太阳，他对我招了招手，示意我去办公室。终于来了。我吸了一口气，走到他面前，他看着我，叹了口气，然后将我的试卷找出来，我看见上面用红色钢笔赫然地写着一行字：你怎么了？

看到这行红色的字，我内心一惊，瞬间转忧为喜。我清楚地记得，那个中午，李老师说了很多很多鼓舞我努力学习的话。我一直点头答应，没让他发现我眼中的欢喜。是的，我的计划成功了。

当我从他的办公室走出来的时候，暖阳罩着整个校园，我觉得我的青春终于可以像被阳光照耀了一样明亮起来。

我开始夜以继日地努力备考，心无旁骛。试卷满天飞，我的花季也在这如羽翼一般的试卷中绽放出别样的美丽与光彩。青春就是如此，你不博一回，永远不会知道自己的潜力有多大。勤能补拙，我终于考上了高中。

当我拿到录取通知书的那一刻，我对他充满感激。

我升上了本校的高中部，搬了教学楼。

让我兴奋不已的是，高一的政治老师依然是他。每当课间休息，看见他从教室外面走过时，我都难掩心中的喜悦。对于我来说，他已是亲人一般的存在。如果没有他的帮助与鼓励，就不会有那一刻积极向上的自己。他就是我青春暗夜里最亮的那颗星。

李老师对我仍然很关心。他知道我数学不好，作为政治老师，竟然在晚自习值班的时候帮我辅导数学功课。他给我讲解习题的时候，那样细致耐心，有一瞬间，我感动得想哭。

如果有一个长辈愿意在人生颠簸的道路上帮助你，那股力量将推动着你满怀信心地去走生活的每一步，最终使自己的人生熠熠闪光。

高一下学期，李老师不再教我们政治了，这让我失落了很久。可是他给我的力量一直积蓄在心里，哪一天，就会迸发出来，成就自我。

也是从那时候开始，我成为了一名美术特长生，走上了艺考的道路。我拼命地画画，我要把初中那几年荒废掉的珍贵时光都补回来。

高三那年，我背着画板、提着画箱一个人在长沙各个不同考点参加外省学校的美术考试，与千千万万的学子共闯艺考独木桥。我参加十所学校的考试，收到了六所大学的美术专业合格证书，也就是说只要我在高考时文化科目照常发挥，就可以从这六所大学里任意挑选一所去读。

于是我回学校备战文化课，因为专业课考得好，考大学在望，所以班主任特别重视我，对我寄予厚望。

可我仍然不安分。那年初秋，为了庆祝新的大礼堂落成，学校计划举办一次歌颂老师的演讲比赛。每个班级选一名参赛选手，根据大家的文章投稿择优选取。得知这个消息后，我脑海里闪出的是，要在中学时代最后一个教师节做一件有意义的事情——让李老师听到我的演讲。

我确信自己的写作能力，我坚信那个演讲的名额非我莫属。可是结果却出乎意料，并不是我，代表我们班去演讲的是我最好的闺密。那个傍晚，我蹲在地上哭成了泪人。

如果一个人想要做成一件事，不管是刀山火海，她都会勇敢地闯一闯，特别，那个人是执拗的自己。

我找到了活动的负责老师，向她申请自己可以在比赛的最后作为校团委的学生干部代表演讲。她被我的诚心打动，最终答应了我。

那一个星期，我的扁桃体却发炎了，说话嗓子也会疼。但是我不管，我小心翼翼地背着演讲稿，哑着声音对着镜子练习了无数遍。无论如何，那一天我一定要站到舞台上。

活动的前天晚上，学校组织参赛学生去彩排，我也去了。回教室的时候，被班主任堵在了门外，他当着众人的面怒斥我，他不允许我在备考的关键时刻参加任何活动。他告诉我，本来我的稿子在学校通过了，那个名额是我的，但是他为了让我有更多复习时间，毅然决然地换了别人。

我泣不成声。我怎不知道班主任是为我好，我怎不知道他的用心良苦？可是我只要这一次机会，一次站在舞台中央的机会。

下了晚自习，班主任给我的父亲打了电话。骨子里的执拗又占领了我的整个思维，我熬夜给班主任写了一封信，请求他原谅我，但我一定会参加这次演讲活动。

第二天是教师节，我把信递给班主任，他看了之后终于答应了我的请求。我破涕为笑，雀跃地跑到李老师的办公室外面张望，他看见我来了，招手示意我进去，我气喘吁吁地告诉他今天下午在大礼堂有一场演讲比赛，我会上台，请他一定来听。

他说下午有课，下课了就赶来。

下午的演讲比赛如约而至，舞台上的人连轴转，我祈祷他们讲得长一点再长一点，因为，我要等的人，还没来。

终于，主持人念我的名字了，可是他还没来，我很失落。但是我仍然走到了舞台中央，开始我的演讲。我的声音在礼堂上空回荡。那是我的初中，我的第一节“喜怒哀乐”，那是他对我的鼓励……当我讲到为了引起他的关注而故意交白卷时，一个熟悉的身影从大礼堂的后门走了进来。他站在后门的地方，静静听我讲着，站得笔直。

他终于来了。

刹那间，我像灿烂绽放的花朵，舞台是我的伊甸园，四周都是青草、大树、河流、奔腾的白马……台下的老师与同学们仿佛都不存在了，唯一存在的人，只有他。我们之间的距离隔得那样远，可是那一刻，我觉得我就在他的身边，向他表达一个女儿对父亲一般的深情。

当我含泪结束自己的演讲时，台下响起雷鸣般的掌声。在模糊的泪眼中我分明看见他也在用手背擦拭着眼睛，不动声色的。

高考前，李老师送给了我一本日记本，他在扉页写了一段话：

见过的人虽多，

但像你这样的却很少；

教过的学生也不少，

但像你这样的却不多。

你是个懂事、重情、有志向、能吃苦的好女孩，你的聪明与勤奋将助你成为女中强人。

祝你在未来的日子里前程似锦，一生幸福！

你的李老师

2008年的那个8月，是我人生中无比美好的盛夏，我考上了向往已久的大学。我终于破茧成蝶，蜕变成我原本应有的灿烂模样。我第一时间把这个好消息告诉了李老师，他也由衷为我高兴。他的名字里有个“海”字，每年的教师节与父亲节，我都会在短信里唤他“大海爸爸”，祝福他节日快乐。

他也会鼓励我：“女儿，要一直求进步。”这样的鼓励好似会延续一生。

十年之后，我也如他一样走上了教师讲台，并且在全国出版了自己的书籍。在我的成长路上，他是我最重要的见证人。

如今，他也会在课堂上对现在的学生讲起很多年前那个留着娃娃头的女学生，通过勤奋改变了命运的故事。他会告诉他们，这个女学生的名字叫“李菁”。

他因我而始终自豪。

我因他而终将闪耀。

生命里珍贵的发小

在我27年的生命中，有一个人陪了我26年，她比我晚一年出生。我唤她慧儿，她是我的发小。

从我开始记事起，她就在我的生活里，不曾缺席。她家与我家的距离只有一米。

小时候我就知道什么是贫富差距。差距在于她家是楼房，我家是平房。

她的爸爸开着车带她去城市玩碰碰车，我只能坐在爸爸单车的前杠上去乡村兜风。

她有数不清的会唱歌的洋娃娃，我只有一个不会说话的布娃娃。

她每天都会穿新衣服，我只能穿着表哥表姐穿剩下来的旧衣服。

差距还在于她家有好玩的积木，我去她家与她一起玩堆积木，每次只要我积木抢得多，就得重来，直到她积木最多。她就像《小时代》里的顾里，天生就是女王范儿，我需要时刻将皇冠准备好，然后小心翼翼地戴在她的头顶。她的身上是有光环的，在她面前我就特别自卑，觉得什么都不如她。

小时候我就特别胖，肉嘟嘟的，她喜欢捏我的胖胳臂，还喜欢欺负我，胆小怯懦的我只会哭，发誓要与她绝交，可是第二天又屁颠屁颠跟在她的身后了。她也很保护我，在她看来，只要有人敢欺负我就得“杀无赦”。读幼儿园的时候，有一次我被一个大班的同学欺负了，她把那大个子揍了一顿，所以当时的我对她又爱又惧。

读小学的时候，我们总是一起牵着手上学，一起牵着手回家。她每年都有丰厚的压岁钱，所以总有用不完的零花钱。而我每一年微薄的压岁钱还没在兜里放热乎，就得上交给我妈了。那时候我们特别喜欢吃零食，她总会在放学回家的路上买许多零食与我一起分享，买零食余下的零钱就会随手给我，我就把零钱攒在了存钱罐里。后来班里流行拍艺术照，从来没有化过妆的我看着别人照片里美美的模样，心里艳羡极了。放暑假的时候我就把存钱罐打碎了，拿着一包零钱去照相馆拍了一组艺术照。

1998年的那个夏天，家乡发了大洪水，洪水来的前一天我还在慧儿家玩，因为时间太晚我就在她家睡了。早上起床看到自己家的那个小平房都被洪水淹没了。我就站在她家二楼的窗台上，怔怔地看着那露在水面上的一角屋檐，想到自己的爸爸妈妈我就哇哇地哭了起来。慧儿的妈妈过来安慰我，告诉我他们早就转移到安全地带了，叫我不要担心。

慧儿为我擦干了眼泪，她牵着我的手来到卧室里，我们坐在她大大的床上。她的床中央挂着一只好看的鹦鹉。她站在床上摸着鹦鹉的头笑着说："菁儿是慧儿永远的朋友，慧儿会永远保护她！"鹦鹉在寂静中又重复了一遍她的话。那一刻，我感动得又一次湿润了眼眶，仿佛只要她在，我就不用害怕。这幅画面在我的记忆里一直存放着，那句话是我生命里的一股暖流。

小学毕业后，我们一起考上了县城里的第二中学，虽然没有分在同一个班，但是我们依然一起上学一起回家。我们有了属于自己的自行车，当然，她拥有的是比较好的赛车，而我拥有的是女士单车。每次下了晚自习，我们就在黑夜里哗哗地骑着自行车，像要飞起来一样。风在耳边呼呼地响着，我们的青春也在这迅疾的风中流逝着，摸不到，也抓不着。有一天晚上她对我说："菁儿，你说你一直羡慕我，可是你知道吗，我也一直很羡慕你。你有那么幸福的家庭，有温柔待你的爸爸。你不知道我每天回家面对的都是爸妈的争吵，爸爸对我说话的时候也很少微笑，很多时候我都感到孤单与害怕。"

她说完这句话的时候，我的笑仿佛被冻住了。从小到大，我都觉得她是骄傲的女王，可是这一刻，她告诉我，她也羡慕我，她心里也是有自卑的。她短短的碎发被风吹起来，又落下去，正好遮住了她的左眼。我想安慰她，可是她快速地蹬着踩板，自行车被她骑得飞快。我在风中追赶她，大声呼唤她的名字。

之后就是青春的叛逆期阶段，我堕落了，慧儿也劝过我，我没听。道不同不相为谋，她开始离我越来越远，远到后来不再一起玩耍，不再一起回家。其实，我也渴望实现梦想，可是我真不知道当时数学只考几分的我未来还有什么希望。那时候的我除了会写几篇文章，真的是一无是处。

有一次一群女混混想要打我的朋友，我偷偷叫来了一个姐姐解围，她们没有打成，就对我怀恨在心。记得那天下午正好要考生物会考，她们来到学校，把我叫到了厕所，然后一帮人对着我一阵拳打脚踢，抽耳光抽得我发晕，我感到疼，但是我没有哭出来，觉得这一切都是为了朋友，我无丝毫怨言。就在她们痛打我的时候，我听到厕所的那一边有一个熟悉的声音，是慧儿。不知为何，我没有向她求救，没有在我最无助的时候呼喊她的名字，直到我感觉她已离开。

在阵阵耳光中，我回忆起读幼儿园的时光，在我受到别人的欺负时，总有一个女孩站出来说，你欺负她就是死。我的眼泪终于落下来，脸上都是血痕，泪水滑过上面有刺骨的疼。我知道我不是因为委屈而落泪，我只是想到了小时候的我们，那个可以为了我而奋不顾身的人，不见了。

我咬紧牙关自己默默承受一群人的殴打，我倔强地告诉自己，我已经长大了，自己闯下的祸根，要自己去承担，不能再依靠任何人。这件事直到很多年后我也未对她说起，我不愿提及，因为我怕她会哭。

读高中之后，我开始学习绘画，走上了美术特长生的道路。我学得很用功，美术老师也很器重我。一年之后，慧儿也来到了美术班与我一起学习画画。她来之后，我会经常帮助她，告诉她怎样画苹果，怎样画明暗交界线，怎样构图。有时候她也会因为没有画好一幅画而紧锁眉头，我不会安慰人，只是在心里为她加油。中午不回家，她带了好吃的菜都会使劲往我碗里放。我们在一起没有太多的言语，但是我知道有一种感情早已融在了血液里。

后来，我考上了四川的一所二本院校，她没有考好，选择继续复读一年。那个暑假，我收到了她的一封信，看到最后我哭了，因为她告诉我，当初决定学美术是因为我，她想与我再考入同一所大学。她说，我们幼儿园在一起，初中在一起，高中在一起，大学我也想和你在一起。

一年之后，她考上了景德镇的一所专科学校。又过了三年，她考上了福州的一所二本院校。而我本科毕业之后，又去西安的一所高校读研了。我们再无太多交集，寒暑假回家的时候，我们会见上几面，她来我家坐坐，或者是我去她家坐坐，再或者我们连彼此的家都不去，就站在各自家的阳台上说话，那之间的距离只有一米，可是心与心的距离似乎隔得越来越远了。记得以前，我总爱站在阳台上对着她家喊："慧儿，慧儿。"她听到了总会大声地答应，然后在她家的卧室隔着窗子与我说话。

我们平时虽然没有太多联系，但是每年8月的第22天我都记得给她发短信，对她说一声生日快乐。我说过，我一辈子都会记得她的生日。我自己生日的时候，会特别期待收到她送来的祝福，有几次没有收到，我就特别失望与伤心，觉得她不在乎我。后来我想为什么要过阴历的生日呢？那样每年的生日都不一样，别人当然记不住，如果像她一样每年都过阳历生日，就会永远被人记住了。

2014年1月，我的书出版上市了，我给了她一本，在扉页上认真写了一句话。我以为她是不以为意的，后来我才知道慧儿告诉室友，写这本书的作者是她从小玩到大的朋友，她从小就喜欢写啊写啊，现在终于实现愿望了。说这句话的时候，她是骄傲的，我真开心我能带给她这份骄傲与自豪。

2015年8月，我回了趟老家。慧儿的头发剪成了娃娃头，碎碎的刘海儿，齐耳的短发。长大后的她开始变得越来越平和有光，可她的眼神依然透着骨子里与生俱来的坚毅。她会时常来我家坐坐，我们会说很多很多的话，说我们的生活，说我们心中的那个他，说我们渴望拥有的生活。她说，你应该找一个比你大许多岁的男人，他会像你爸爱你妈一样去爱你。他要能包容你的孩子气，给予你想要的浪漫与安稳，并且永远支持你去写作。

我想，没有人比她更懂我了。

在太阳落下去的时候，她陪着我去田野中散步。两个人相伴着走在田间小路上，会闻到禾苗发出来的清香味，那是记忆里的味道。想起小时候，我们时常走在这条熟悉的小路上，一起去捉蝌蚪，去抓鱼，用南瓜花钓青蛙，然后再把它们放进草堆里。

她走在前面，背影被晚霞的光笼罩着，我的心突然就变得柔软起来。我顿感，这么多年过去了，这个女孩其实一直都离我很近很近，从不曾远去。

2016年，慧儿远嫁福建。她在微信里给我发来小宝贝的小视频，我能感受到她的满足与快乐，她最终成为了相夫教子的女人，而我依然在寻寻觅觅地找着人生的归属。我忆起了我们曾许过的约定，当我们老了，牙齿都掉光了，还要手牵着手去田野散步，细数那些我们一起走过的日子。

也许会老泪纵横，也许依然会像小时候一样笑得整个山野怦然花开。

我一定会告诉她，这一生有你的陪伴，真的很幸福。

岁月静好，一生相伴

这个故事，要从我们的年少讲起。

我叫她艳姐。

那年高一，我与艳姐分到了同一个班，毫不迟疑地，我们迅速走近了对方，因为我们几乎同时从对方的眼里看到了另一个自己。我们都喜欢阅读文学书籍，热爱写文，坚持写日记，热爱美好的事物，并且，我们都极度厌恶数学。

有一段时间，班里的同学都在看饶雪漫的小说《左耳》，一本书一个人看完就传给下一个人，我与艳姐也迷上了这本书。有一天放学后，大家都回家了，我翻看了她的日记，她的日记里写着：我也想遇到一个像吧啦一样的朋友。

黎吧啦，是小说里的女主人公，一个敢爱敢恨、视朋友如命的女孩。

我对艳姐说："我愿意成为你的吧啦。疼你，爱你，陪伴你，不离不弃。"

年少时许下的这个约定，成了我们一生相伴的开始。

每天清晨，她骑着单车载着我去学校，我们迎着朝阳，沐浴着清风，一起做早起的鸟儿，在草坪上读书；

在日记本上一遍遍写下想要对彼此说的话；

她是我的左耳，我是她的右耳。她的秘密只说给我听，我的秘密只与她分享。

她很心疼我。

傍晚，当我从画室出来的时候，她会拿着剥好的橘子站在树下等我；

每天，她都会把可口的晚餐留一半给我；

她亲手为我做蛋炒饭；

我去长沙学画，艳姐在MP3里录下了好长一段话，她希望她的声音能一直陪在我身边。

……

我也十分宠爱她。

每天都会送她一个豆沙面包，附上一张小纸条；

在日记本上给她写了几百封信；

把家中的书带到学校和她分享；

我去长沙学画前，把小纸条、豆沙面包、棒棒糖放在了一位同学那儿，让她每周二在艳姐的抽屉里放一份，希望我的疼爱从未离开过。

……

我们给对方写整本整本的日记，上面写满了“感恩的心”。这日记的所有权也只属于彼此，只有彼此可以看，彼此才可以在上面留下文字。那时候的青春，空气都是潮湿的，我们总会有那么多对爱的憧憬与迷茫。心里各自装着一个天使，常常会因为想念天使而流下眼泪。

艳姐的歌声很动听，我总喜欢听她给我唱《我一直都在》《依恋》。她曾去音乐特长班学过一阵子，但是最终因为家庭的原因放弃了。我知道她心里很难过，她的心里一直藏着一个音乐梦。

在青春的白桦林里，爱情与梦想是最美的主旋律。因为有了彼此的陪伴，在希冀幸福的时候我们不会孤单，在追求理想的道路上也没有感觉辛苦。这是属于我们共同的青春。

高二那年，我们看了《莲花》这本小说，对西藏无比向往。我们约定十年后一定要一起去那个神秘的地方。

那年夏天的一个晚上，我带她去看萤火虫。我紧紧地牵着艳姐的手，奔跑在黑夜里，风很凉爽，我只想与她观看这场萤火虫盛宴。几百只萤火虫在山野间飞舞着，微小的光芒，小而不灭，就像天上掉下来的星星一样，一闪一闪，亮晶晶的。我们并肩站在一起，被这幅美丽的大自然图画彻底征服，我告诉自己，要用一辈子去铭记这一刻。

多年之后，艳姐说："如果让我重回到人生里的某个阶段，我想我会毫不犹豫地选择高中时光，因为那三年，我们曾形影不离。"

高三毕业后，我去了四川求学，她留在湖南长沙念书，我们选的专业都是平面设计。她给我寄过一封信，告诉我她当上了学校的播音员，每天清晨她总会起得很早，去广播站放她喜欢的歌，读她喜欢的文字。

大学时她曾有过一次甜蜜无比的初恋。那个大男孩对她很好，她被他宠溺得像一个公主。他们很相爱，她告诉我，或许毕业之后她就会嫁给他。每次通电话，我都能通过话筒和长长的电话线，感受到她在提王子时那浓得化不开的甜蜜。幸福真真是藏不住的。

艳姐给我发她宿舍的照片。床边的白墙上贴满了我们18岁那年在油菜花田里拍的合照，照片里的我们手牵着手，笑容灿烂，那笑就像蓝色的湖水一样悠悠地荡漾开来。

她说："我想每天睡前最后一秒钟看见你，每天醒来的第一秒看见的也是你。这样会让我感觉我们依然相伴在一起。"

那时，我开始用吧啦这个笔名在网络上写文章，因为白天的事情繁多，我总是在夜晚写。每当室友都睡下了，我就在寂静中敲键盘。我发在网络上的文章她都会第一时间去看，时至今日，我们都不曾遗忘过自己最初的梦想。

大学毕业后，我继续去往西安读研，她已开始在长沙工作挣钱了。在我还是一个穷学生的时候，她已经过上了经济独立的生活。有一年我生日，她给我寄来了一瓶Burberry的香水，这是她第一次送我这么昂贵的礼物。只有爱一个人，才舍得为她花钱。

在我24岁那年，我的人生像开了外挂，出版社的编辑看中我的文字，要给我出一本散文集，并且我可以按版税出版，不仅不用自己掏钱，还可以得到一笔颇丰的稿酬。我第一时间把这个好消息告诉了艳姐，艳姐和我一样高兴得睡不着。我的快乐就是她的快乐。

2014年的1月，我的第一本书《见素》在全国出版了，署名是吧啦。

我实现了自己的文学梦，艳姐十分高兴，仿佛是她的文学梦实现了，我们已经不分彼此了。她买了好多我的书送给她的亲人、朋友、同事，不厌其烦地告诉他们："我的好闺密吧啦出书啦。"

新书出版后，我去了很多高校与书店做签售会，每次都有许多读者问到同一个问题：为什么起"吧啦"这个笔名？

我总会告诉他们，是因为一个叫艳姐的女孩，我要用这个笔名，兑现一个承诺，回报一份真挚的友情。

后来翻阅以前写的日记，看到2008年在写给艳姐的信里有这样一句话："如果有一天，我能够写书了，我会把自己的笔名称为吧啦。"

那一刻，距离写这段文字已经过去了六年，我用行动实现了我们的约定。

她说："你已经不是我一个人的吧啦了，而是千千万万人的吧啦。可是我多么开心，我的吧啦能被更多人喜欢，能带给更多的人一份正能量。”

也是在那年夏天，我们履行十年前许下的约定，结伴去了西藏。

与爱的人一起去旅行是一件十分美好的事情。

害怕高原反应，我们没有选择坐飞机抵达圣城拉萨，而是坐火车。先从西安坐了十几个小时的火车到达西宁西站，然后转乘去往拉萨的火车。

火车会途经德令哈，格尔木，那曲，当雄，二十几个小时后将抵达拉萨。

凌晨四点多，火车经过德令哈。

艳姐说她想起了海子的诗歌，轻声读给我听：

“今夜青稞只属于自己
一切都在生长
今夜我只有美丽的戈壁空空
姐姐，今夜我不关心人类，我只想你。”

深夜的火车里寒气逼人，艳姐把行李箱里所有的厚衣服都盖在了身上，我也穿上毛线衣，这样就不至于太冷，整个晚上换了各种姿势才能入睡。睡意渐浓，我感觉有人把外套裹在我身上。

整个车厢安静极了。

清晨六点，我醒过来，身上铺着艳姐的外套，我望向她，她刚好也睁开了惺忪的睡眼。车窗外的景色让她欢喜。连绵的山脉，一望无垠的戈壁，蓝天青碧。

火车行驶在青藏铁路上，可看到巍峨的昆仑山脉至珠峰可可西里无人区，千里羌塘，大草原，三江源风光。沿途景观大气磅礴，一路山高谷深，草原，盐湖，戈壁，高山，荒漠，一应景色尽收眼底。多么美丽的江山图!

路上有吉普车，越野车，小型客车，中型客车，军用卡车，也可看到一列在广阔天地中骑行的队伍。在天地之间，他们如蚂蚁一般，却蕴含着前进的力量。有的路段是数百里见不到一丝人烟。草原中遍布羊群，牦牛，骏马，在绿草中时隐时现。还有一望无垠的戈壁沙漠，常年积雪的崇山峻岭。

火车经过唐古拉山的时候，海拔已经有四千多米了，我开始出现高原反应。

躺在艳姐的身边，呼吸急促，大口喘气，直至胸腔的火山爆发，泪水喷薄而出。她手忙脚乱，问我是否要使用氧气管。我摇头，继续哭泣，哭完之后，我像小兔子一般蜷缩在她的身边，把头依靠在她的肩膀上，双腿弯曲，仿佛这样可以让我安定下来。

晚上十点钟，我们抵达了圣城拉萨。大雨如注，地上有许多积水，我的绣花鞋不到几分钟的时间已被浸湿。

我的表哥来火车站接我们，他是一个渴望自由向往自由的“奇葩”男青年，独自在西藏生活了五年。

表哥把我们带到他朋友开的客栈中入住，客栈的房间是藏式风格，镶着绿松石的桌子，桌上铺着印度彩布，墙上挂着唐卡，客厅木柜里陈列着各种藏族首饰。

我与艳姐将行李拿进房间，稍微收拾了一下。整个房间有五张床，一人睡一张。床并不大，但是棉被厚实，又加了毛毯。在拉萨的第一个夜晚，我们很踏实地入睡了。

睡得很香。

我们在西藏生活了一个月的时间，看了好多美景，见了许多有趣的人，一起听了很多或疼痛或美好的故事。

表哥在拉萨有许多好玩的朋友，他们喜欢民谣，喜欢自由的诗酒年华，当然也喜欢美丽的姑娘。

七月正是西藏的雨季，每天上午拉萨都会下雨，到了中午就会突然艳阳高照。每天清晨我六点就会起来，在客厅看书写日记，等艳姐起来后我们就一起撑着伞去外面的小摊儿买菜，她总会做一大桌的拿手好菜给我们吃，这个“我们”当然包括表哥还有表哥的朋友们。

因为艳姐常年运动，吃得极少，所以身材保持得很好，腰围只有一尺七。炒菜的时候，丰满的胸脯十分美好地颤动着，性感的唇齿间发出悦耳的歌声。

唱民谣的男子爱上了她，开着豪车在路口接她，她却不为所动。

有一次在青塘酒吧，艳姐有心事，喝得大醉。醉了就一直哭泣，嘴里念着一个人的名字，眼泪落了一地。我知道她一直忘不了初恋，忘不了那个在青春里为她撑伞的王子。只有深爱一个人，才会想念到哭泣。

我没有安慰她，因为我知道时间会替她治愈心中那道伤口。

我们相伴去了青朴修行地。

车在高山上蜿蜒行驶，海拔越来越高。抬起头向上看，云雾近在咫尺。班车停在了山下，我们先行至青朴寺，再沿着寺庙后方的山路向上走。山势陡峭，蜿蜒曲折，越往上走越是气喘吁吁，此刻的海拔已是4300米。艳姐见我疲惫不堪的样子便用她的左手牵起了我的右手，她说：“菁菁加油，往上还会看到更美的风景。”

登至纳瑞山腰，便到了青朴修行地，此地有108个修行洞，四处都是彩色的经幡、玛尼石。这里历代以来都是众多高僧大德和凡夫俗子修身悟法的圣地。

我们沿着山路一次次地走进修行洞，洞中的修行者面貌不一，但那颗虔诚的心却让人为之叹服与敬佩。

突然而至的大雨将我们困在山中，一位喇嘛将我们引至屋内躲雨。他不会说话，但面容和善。对山中的修行者，他毫无防备之心，对这里的每一个人都带着信任与敬重。这些所见所闻在很久以后被我写进了小说《再见，雪莲花女子》中。

在拉萨我们还有过一次类似古惑仔的经历。表哥与朋友们一起开的酒吧在雪雁街开业了，晚上我和艳姐去听歌，走出酒吧的时候已经过了凌晨。刚走出大门，我们就发现酒吧里弹吉他的朋友正在与一位藏族大哥发生口角，藏族大哥喝醉了，一副要打人的架势。艳姐善心大发，怕朋友被欺负，想都没想就像个女侠一样冲过去劝架。我们无论如何也不会想到，藏族大哥一脚把艳姐踢倒在地，并且迅速从裤兜里取出了一把匕首。

当时的我吓坏了，马上跑到酒吧里找表哥。表哥过来之后与藏族大哥扭打在一起。

那天晚上，我们都去了派出所，艳姐早已被吓得魂飞魄散。

这次意外并没有减弱我们对拉萨的爱，我们依然会时常去大昭寺外面静坐，看虔诚的藏族人朝拜，他们将手合并放在胸前，全身贴在地面，口中默念着六字真言。

一个月后，我们坐上了回程的火车。可是在那儿的美好记忆一直存留在我们的心中。我们相约着以后还要去更多的地方。

研究生毕业后，我去了大学教书，出版了第二本书，署名用了我的本名李菁。不再用吧啦这个笔名，是因为有一次见到了《左耳》小说的作者饶雪漫老师，她说，小说里吧啦的结局并不好，你不要用这个笔名，希望你有一个全新的人生。

我跟艳姐说不用吧啦这个名字署名了，她笑着说："没关系呀，其实我更喜欢叫你菁菁。'菁'是事物精华的意思，你的人生会更加灿烂的。"

2015年的春节，我回到老家，县里的团委邀请我为全县的青年公务员做一次讲座。那次讲座，艳姐也去了，这是她第一次参加我的分享会。我给听众分享了我破茧成蝶的成长过程。艳姐就坐在第一排，可是我一直不敢往她那儿看，我不敢碰触到她的眼睛，我怕我会哭。

在互动环节中，她站起来说："大家只看到她闪耀的那一面，但是没有人比我更了解她这些年付出的努力。高中的她，那时候好瘦，好漂亮，可是后来她长胖了，其实那是因为她经常熬夜写作，是虚胖。我心疼她的身体，总叮嘱她要按时休息。当所有人都关心她飞得高不高的时候，我更在乎的是她飞得累不累。"

那一刻，我的眼泪快要溢出了眼眶。

我开始给她买书，我对她说："每个月，我都会给你买一本书，直到我离开这个世界。"我是这样说的，也是这样做的。每个月都会选一本我觉得好看的书送给她。

我希望她不要被生活磨灭掉心中的文学梦，我们一起坚持阅读，坚持写作，一起做我们心中热爱的事情，这样多好。

2016年，我辞去工作，离开陕西，回到了湘西生活，创作。那一年，她也离开浙江，回到了湘西工作。

十年前，我们走出小镇去外面追梦，十年后，我们又回到了这个熟悉的地方。只是此时的我们心智更成熟，有了对生活更赤诚与绵长的爱。

她带我去见了她现在的男朋友，那是一个一米八高的帅气男人，眼神干净坦诚。我们一起去歌厅唱歌，我看见艳姐像小鸟般幸福地依偎在这个男人的怀里，我知道她终于等到了自己的真爱。

过尽千帆后，爱情依然是我们心中美好的模样。

我们像年少时一样，又相伴在了一起。

天气晴好时，我们去亲近蓝天、山川与绿色的植物，一起在山野里采摘杜鹃花，她将红色花朵戴在我的发上，两个人的笑声被山风带到了很遥远的山头。

有些人只陪我们走过一段日子，有些人却可以走完这一生。我庆幸自己一直有这样一双可以紧握的温柔的手。

前几天整理年少时的日记本，看到自己在那些年为她写过的许多日记，心里百感交集。在一本日记里夹着她送给我的一张照片，那张照片是她17岁时的模样，靠着斑驳的老墙，眼里有对未来的希冀。

背面是她写给我的话：

“菁儿：

这一次不再称呼吧啦，因为你是那么真实的一个人。下一次，我还会叫你吧啦，不是《左耳》中的，是我生命中的。

不管发生什么，无论在哪里。

哪怕我们筋疲力尽，永远别忘记，一生相伴。”

读完这段文字，泪已盈眶。

16岁那年，我们相约做一辈子的好朋友，27岁这年，我们依然陪伴在彼此身边，真好。

但愿当我们满头银发的时候，依然可以坐在院子里谈天说笑，细数着一起走过的光阴。

好朋友走到最后，一定是如同亲人一样的存在。

愿，岁月静好，一生相伴。

图书在版编目（CIP）数据

你的人生终将闪耀 / 李菁著. -- 北京 : 北京时代华文书局, 2017.9
ISBN 978-7-5699-1820-5
Ⅰ. ①你… Ⅱ. ①李… Ⅲ. ①随笔—作品集—中国—当代 Ⅳ. ① I267.1

中国版本图书馆 CIP 数据核字（2017）第 232020 号

你的人生终将闪耀
Ni De Rensheng Zhongjiang Shanyao

著　　者 | 李　菁

出 版 人 | 王训海
选题策划 | 田晓辰
责任编辑 | 曾　丽　田晓辰
封面摄影 | 雨亦书 Sama
插图摄影 | 李　菁　刘妙言
装帧设计 | 新艺书文化　段文辉
责任印制 | 刘　银　范玉洁

出版发行 | 北京时代华文书局 http://www.bjsdsj.com.cn
北京市东城区安定门外大街 136 号皇城国际大厦 A 座 8 楼
邮编：100011　电话：010-64267955　64267677
印　　刷 | 北京京都六环印刷厂　010-89591957
（如发现印装质量问题，请与印刷厂联系调换）
开　　本 | 880mm×1230mm　1/32　印　　张 | 8　字　　数 | 176 千字
版　　次 | 2017 年 10 月第 1 版　印　　次 | 2017 年 10 月第 1 次印刷
书　　号 | ISBN 978-7-5699-1820-5
定　　价 | 42.00 元